PARA ESTAR EN EL MUNDO

Un día más

Una esperanzadora historia sobre la familia,
el perdón y las oportunidades de la vida

Vivencias y personajes

Un día más

Una esperanzadora historia sobre la familia,
el perdón y las oportunidades de la vida

Mitch Albom

OCEANO MAEVA

UN DÍA MÁS

Título original: FOR ONE MORE DAY

Tradujo: MONTSE BATISTA (©) de la edición original en inglés

© 2006, by Mitch Albom, Inc.

D. R. © 2007, MAEVA EDICIONES
        Benito Castro 6, Madrid 28028
        maeva@maeva.es
        www.maeva.es

D. R. © 2007, Editorial Oceano, S.L.
        Milanesat, 21-23 – 08017 Barcelona
        Telf.: 93 280 20 20* - Fax 93 203 17 91
        www.oceano.com

PRIMERA EDICIÓN

ISBN13: 978-84-494-3570-6
ISBN10: 84-494-3570-6
DL: B-26951-XLX

HECHO EN MÉXICO / IMPRESO EN ESPAÑA
MADE IN MEXICO / PRINTED IN SPAIN

Índice

I. MEDIANOCHE 15

    La historia de Chick 17
    Chick intenta terminar con todo 23

II. MAÑANA 33

    La mamá de Chick 35
    Cómo se conocieron mis padres 43
    Chick regresa a su antigua casa 53
    La melodía cambia 65
    El encuentro en el interior de la casa 67
    Un nuevo comienzo 77
    Una comida juntos 83
    La familia de Chick después del divorcio 87
    Caminando 93
    Rose 101
    Hijos avergonzados 111
    Rose dice adiós 125

III. MEDIODÍA 127

    Chick en la facultad 129
    En mitad del día 133
    Cuando los fantasmas regresan 137
    La señorita Thelma 141
    Chick toma su decisión 159
    El trabajo que le toca hacer 165

Alcanzando la cima   171
La segunda visita llega a su fin   177

IV. NOCHE   181

La luz del sol se apaga   183
El día que él quería recuperar   189
El partido   201
Chick se entera de que su madre ha muerto   211
Una tercera y última visita   213
Todo queda explicado   219
Chick termina su historia   231
Los últimos pensamientos de Chick   235

Epílogo   237

Agradecimientos   241

"Deja que lo adivine. Quieres saber por qué intenté suicidarme."

**Las primeras palabras que me dirigió
Chick Benetto**

Ésta es una historia sobre una familia y, como hay un fantasma de por medio, podría decirse que es una historia de fantasmas. No obstante, todas las familias tienen una historia de fantasmas. Los muertos se sientan a nuestra mesa mucho después de haberse ido.

En este caso se trata de la historia de Charles Chick Benetto. Él no era el fantasma. Él era muy real. Lo encontré un sábado por la mañana, en las tribunas descubiertas de un campo de la liga de beisbol infantil, vestido con una chamarra azul marino y mascando chicle de menta. Quizá lo recuerden de su época de jugador. He dedicado parte de mi carrera a escribir sobre deportes, por lo que el nombre me resultaba familiar en varios sentidos.

Visto en retrospectiva, fue cosa del destino que lo encontrara. Yo había ido a Pepperville Beach para echarle un vistazo a una pequeña casa que había pertenecido a nuestra familia durante años. De camino al aeropuerto, me detuve a tomar un café. Al otro lado de la calle había un campo donde unos niños vestidos con camisetas de color púrpura practicaban lanzamientos y golpes con el bat. Como iba con tiempo, me acerqué paseando hasta allí.

De pie en la barrera, con los dedos enganchados en la valla de tela metálica, vi a un anciano que manejaba una podadora por la hierba del campo. Tenía la tez bronceada y arrugada y llevaba medio puro en la boca. Al verme, paró la podadora y me preguntó si mi hijo estaba ahí. Le dije que no. Quiso saber qué estaba haciendo allí. Le hablé de la casa. Me preguntó cómo me ganaba la vida y cometí el error de explicarle eso también.

–De modo que escribe, ¿eh? —dijo mascando su puro. Señaló a una figura sentada sola en las gradas, de espaldas a nosotros. Debería hablar con ese tipo. Él sí que tiene una historia.

Oía lo mismo continuamente.

–¿Ah, sí? ¿Y eso por qué?

–Fue jugador de beisbol profesional.

–Mmm.

–Creo que jugó en la serie mundial.

–¡Um!

–E intentó suicidarse.

–¿Cómo dice?

–Sí —respondió el hombre con un resoplido—, por lo que he oído tiene mucha suerte de estar vivo. Se llama Chick Benetto. Su madre vivía por aquí. Posey Benetto —se rio. Era una mujer fantástica.

Tiró el puro al suelo y lo pisó.

–Acérquese y pregúnteselo si no me cree.

Volvió con su podadora. Retiré las manos de la valla y vi que se me habían manchado los dedos de óxido.

Todas las familias tienen una historia de fantasmas.
Me acerqué a la tribuna.

~ Lo que he escrito aquí es lo que Charles Chick Benetto me contó durante la conversación que mantuvimos aquella mañana —y que se prolongó otras veces— así como las notas personales y páginas de su diario que encontré después, por mi cuenta. Lo he recopilado en el siguiente relato, narrado con su propia voz, pues dudo que creyeras la historia si no la contara él mismo.

Podría ser que no la creas de todos modos.

No obstante, hazte la siguiente pregunta: ¿alguna vez has perdido a alguien a quien querías y has deseado mantener una conversación más, tener otra oportunidad para compensar aquel tiempo en el que pensabas que aquella persona iba a estar siempre ahí? Si la respuesta es afirmativa, sabes que puedes pasarte la vida acumulando días y ninguno de ellos compensará aquél que desearías recuperar.

Pero ¿y si lo recuperaras?

Mayo de 2006

I
Medianoche

La historia de Chick

~ Deja que lo adivine. Quieres saber por qué intenté suicidarme.

Quieres saber cómo sobreviví, por qué desaparecí, dónde he estado todo este tiempo, pero, ante todo, por qué intenté suicidarme, ¿me equivoco?

No pasa nada. Es lo que suele hacer la gente. Se comparan conmigo. Es como si hubiera una línea trazada en algún lugar del mundo; si no la cruzas, nunca piensas en arrojarte desde lo alto de un edificio o tragarte un frasco de pastillas...; pero, si la cruzas, es posible que lo hagas. La gente se imagina que yo crucé la línea. Se preguntan: "¿Podría llegar a estar tan cerca como él lo estuvo?".

Lo cierto es que no hay ninguna línea. Sólo está tu vida, la manera en que la destrozas y quién está allí para salvarte.

O quién no está.

~ Al volver la vista atrás, empecé a desmoronarme el día en el que murió mi madre, hará cosa de unos diez años. Yo no estaba allí cuando ocurrió y debería haber estado. De modo que mentí. No fue una buena idea. Un funeral no es un buen lugar para los secretos. Me quedé de pie junto a su tumba intentando creer que no era culpa mía; entonces mi hija de catorce años me tomó de la mano y me susurró: "Lamento que no tuvieras oportunidad de despedirte, papá", y ya está, perdí el control. Caí de rodillas, llorando, y la hierba mojada me manchó los pantalones.

Después del funeral me emborraché hasta tal punto que me desmayé en el sofá. Y algo cambió. Tu vida puede torcerse en un solo día, y aquél pareció torcer la mía inexorablemente y en picada. Cuando era niño mi madre siempre estaba encima de mí con sus consejos, críticas y toda esa asfixiante actitud maternal. En ocasiones deseaba que me dejara en paz.

Acabó haciéndolo. Murió. No hubo más visitas ni más llamadas telefónicas. Sin darme cuenta empecé a ir a la deriva, como si me hubieran arrancado de las raíces, como si bajara flotando por el ramal de un río. Las madres sustentan ciertas ilusiones sobre sus hijos, y una de las mías era que me gustaba ser quien era, porque a ella le gustaba. Cuando murió, esa idea desapareció con ella.

Lo cierto es que no me gustaba en absoluto quien era. Yo me seguía viendo como un joven y prometedor atleta. Sin embargo, ya no era joven y ya no era un atleta. Era un vendedor de mediana edad. Mi época de promesa había pasado hacía mucho tiempo.

Un año después de la muerte de mi madre cometí la mayor estupidez de mi vida, económicamente hablando. Dejé que una vendedora me convenciera para contratar un plan de inversión. Era una mujer joven y atractiva, una de esas mujeres dinámicas y seguras de sí mismas, de las que llevan dos botones desabrochados y que provocan cierta amargura en los hombres mayores que ellas, a menos, claro está, que entablen conversación. Entonces los hombres se vuelven idiotas. Nos reunimos en tres ocasiones para discutir la propuesta: dos en su despacho y una en un restaurante griego; no fue nada indecoroso, pero cuando su perfume empezó a disiparse en mi cabeza, yo había depositado casi todos mis ahorros en un fondo de inversiones que ahora no tiene ningún valor. A la mujer la "trasladaron" enseguida a la costa oeste. Tuve que explicarle a mi esposa, Catherine, adónde había ido a parar el dinero.

Empecé a beber más después de aquello —en mi época, los jugadores de beisbol siempre bebían—, y se convirtió en un problema que, con el tiempo, hizo que me despidieran de dos empleos como vendedor. Y el hecho de que me despidieran me hizo seguir bebiendo. Dormía mal. Comía mal. Tenía la sensación de que envejecía por momentos. Cuando encontraba trabajo escondía enjuagues bucales y gotas para los ojos en mis bolsillos y corría al baño antes de reunirme con los clientes. El dinero se convirtió en un problema por el que Catherine y yo nos peleábamos constantemente y, con el tiempo, nuestro matrimonio se vino abajo. Ella se cansó de mi amargura y no puedo decir que la culpo por ello. Cuando eres malo contigo mismo te vuelves malo con todos los demás, incluso con aquellos a los que amas. Una noche me encontró sin conocimiento en el suelo del sótano con un corte en el labio y un guante de beisbol sujeto contra el pecho.

Poco después dejé a mi familia... o ella me dejó a mí.

No puedo expresar lo mucho que me avergüenzo de ello.

Me mudé a un departamento. Me convertí en una persona distante y de malas pulgas. Evitaba a todo aquel que no bebiera conmigo. De haber estado con vida, mi madre hubiera encontrado la manera de acercarse a mí, pues eso siempre se le había dado bien, agarrarme del brazo y decirme: "Vamos, Charley, ¿qué te pasa?". Pero ella no estaba, y eso es lo que ocurre cuando tus padres mueren, que te sientes como si en lugar de emprender todas las luchas con apoyo, las emprendieras todas solo.

Y una noche, a principios de octubre, decidí quitarme la vida.

Quizá te sorprenda. Quizá supongas que los hombres como yo, los hombres que juegan en un campeonato mundial, nunca pueden hundirse tanto como para suicidarse, porque, al menos, siempre tienen eso del "sueño convertido en realidad". Pero te equivocarías. Lo único que pasa cuando tu sueño se convierte en realidad es que poco a poco te vas dando cuenta de que no es como tú habías pensado.

Y eso no va a salvarte.

~ Por extraño que parezca, lo que acabó conmigo, lo que hizo que me despeñara, fue la boda de mi hija. Ella tenía entonces veintidós años, una cabellera castaña larga y lisa, como la de su madre, y sus mismos labios carnosos. Se casó con un "tipo maravilloso" en una ceremonia que se celebró por la tarde.

Y eso es todo lo que sé, porque es lo único que ella escribió en una breve carta que llegó a mi domicilio pocas semanas después del acontecimiento.

Por lo visto, gracias a la bebida, a mi depresión y a mi mal comportamiento en general, me había convertido en una vergüenza demasiado grande como para correr el riesgo de invitarme a una reunión familiar. En lugar de eso, recibí aquella carta y dos fotografías, una de mi hija y su nuevo esposo bajo un árbol tomados de las manos; en la otra se veía a la feliz pareja brindando con champaña.

Fue la segunda fotografía la que me destrozó. Era una de esas instantáneas naturales que capturan un momento irrepetible; los dos riendo en mitad de una frase, entrechocando las copas. Era una imagen tan inocente, tan joven y tan... pretérita. Parecía burlarse de mi ausencia. *Y tú no estabas*. Ni siquiera conocía a ese tipo. Mi exmujer sí lo conocía. Nuestros viejos amigos lo conocían. *Y tú no estabas*. Una vez más había estado ausente de un momento familiar de vital importancia. Aquella vez, mi pequeña no me tomaría de la mano para consolarme; ella pertenecía a otra persona. No me estaban invitando. Me lo estaban notificando.

Miré el sobre, que llevaba su nuevo apellido (Maria Lang, no Maria Benetto) en el remitente, pero ninguna dirección (¿por qué?, ¿temían que pudiera hacerles una visita?), y algo se hundió tanto en mi interior que ya no pude volver a encontrarlo. Cuando te excluyen de la vida de tu único hijo te sientes como si se hubiera cerrado una puerta de acero; la golpeas, pero ellos no te oyen. Y el hecho de que no te oigan te lleva a rendirte, y rendirte es el primer paso para matarte.

De modo que lo intenté.

No es tanto el hecho de que te preguntes qué sentido tiene todo, es más bien como decir: "¿Qué más da?".

Cuando regresó dando tumbos,
con sus canciones incompletas y su trabajo a medias,
¿quién sabe qué senderos pisaron sus pies magullados?
¿Qué montañas de paz o dolor coronó?

Espero que Dios sonriera y le tomara la mano,
y dijera: "¡Pobre tonto apasionado!
El libro de la vida es difícil de entender:
¿por qué no pudiste quedarte en la escuela?"

(Poema de Charles Hanson Towne,
hallado en un cuaderno entre
las pertenencias de Chick Benetto)

Chick intenta terminar con todo

La carta de mi hija llegó un viernes, cosa que me vino muy bien, puesto que me permitió agarrar una juerga el fin de semana de la cual no recuerdo gran cosa. El lunes por la mañana, a pesar de darme un largo baño frío, llegué dos horas tarde al trabajo. Una vez en la oficina no aguanté allí ni cuarenta y cinco minutos. Tenía la cabeza a punto de estallar. Aquel lugar parecía una tumba. Entré sigilosamente en el cuarto de la fotocopiadora, luego fui al baño y después me dirigí al ascensor sin abrigo ni portafolios para que, si alguien seguía atentamente mis movimientos, éstos le parecieran normales y no un mutis premeditado.

Fue una estupidez. A nadie le importaba. Trabajaba en una gran empresa con montones de vendedores que podía sobrevivir perfectamente sin mí, como ahora ya sabemos, puesto que aquel paseo desde el ascensor al estacionamiento fue lo último que hice como empleado.

Después llamé a mi exesposa. La llamé desde un teléfono público. Estaba trabajando.

—¿Por qué? —dije cuando contestó al teléfono.

–¿Chick?

–¿Por qué? —repetí. Había tenido tres días para empapar mi ira en alcohol y eso era lo único que me salía. Dos palabras—: ¿Por qué?

–Chick —su tono se suavizó.

–¿Por qué no me invitaron siquiera?

–Fue idea suya. Pensaron que era...

–¿Qué? ¿Más seguro? ¿Pensaron que iba a hacer algo?

–No lo sé...

–¿Ahora resulta que soy un monstruo? ¿Es eso?

–¿Dónde estás?

–¿Soy un monstruo?

–Basta.

–Me marcho.

–Mira, Chick, ya no es una niña y si...

–¿No pudiste apoyarme?

Oí que soltaba aire.

–¿Adónde te marchas?

–¿No pudiste apoyarme?

–Lo siento. Es complicado. También está la familia de él, y ellos...

–¿Sales con alguien?

–¡Oh, Chick!... Estoy en el trabajo, ¿de acuerdo?

En aquel momento me sentí más solo de lo que nunca me había sentido, y aquella soledad pareció instalarse en mis pulmones y aplastarlo todo, menos mi más mínimo aliento. No había nada más que decir; ni respecto a aquel asunto ni sobre ninguna otra cosa.

–Está bien —susurré. Lo siento.

–¿Adónde te marchas? —dijo ella.

Colgué.

~ Entonces me emborraché por última vez. Primero en un lugar llamado Mr. Ted's Pub, donde el mesero era un muchacho flacucho y de cara redonda que probablemente no fuera mayor que el tipo con el que se había casado mi hija. Después regresé a mi departamento y bebí un poco más. Tiré muebles al suelo. Escribí en las paredes. Creo que en realidad metí las fotos de la boda en el triturador de basura. En mitad de la noche decidí irme a casa, a Pepperville Beach, quiero decir, a la ciudad en la que crecí. Estaba a dos horas en coche de distancia, pero hacía años que no iba por allí. Anduve por el departamento, caminando en círculos como si me preparara para la marcha. No se necesitan muchas cosas para un viaje de despedida. Fui al dormitorio y saqué una pistola del cajón.

Bajé a trompicones al garaje, encontré mi coche, puse la pistola en la guantera, arrojé una chamarra en el asiento trasero, o quizá fuera el asiento delantero, o tal vez la chamarra ya estuviera allí, no lo sé, y salí a la calle haciendo chirriar los neumáticos. La ciudad se hallaba tranquila, las luces amarillas parpadeaban y yo iba a terminar con mi vida allí donde ésta había comenzado.

Regresaba con Dios dando tumbos. Así de sencillo.

Nos enorgullece anunciar el nacimiento de

Charles Alexander

tres kilos 900 gramos

21 de noviembre de 1949

Leonard y Pauline Benetto

(de los papeles de Chick Benetto)

~ Hacía frío y lloviznaba, pero la autopista estaba despejada y utilicé sus cuatro carriles, zigzagueando de uno a otro. Cabría pensar, cabría esperar que a alguien que iba tan borracho como yo lo parase la policía, pero no fue así. Hubo un momento en el que incluso entré en una de esas tiendas que están abiertas toda la noche y le compré seis latas de cerveza a un tipo asiático con un fino bigote.

–¿Quiere un número de lotería? —me preguntó.

Con los años había perfeccionado un aspecto de normalidad cuando iba bebido —el alcohólico ambulante— y fingí que lo pensaba un poco.

–Esta vez no —respondí.

Puso la cerveza en una bolsa. Percibí su mirada, dos ojos oscuros y apagados, y pensé para mí: "Ésta es la última cara que veré en la tierra".

Me devolvió el cambio empujándolo por el mostrador.

~ Cuando vi el letrero que anunciaba mi ciudad natal —PEPPERVILLE BEACH, SALIDA A 1 MILLA— ya me había terminado dos cervezas y otra se había derramado por todo el asiento del acompañante. Los limpiaparabrisas se movían ruidosamente. Yo luchaba por mantenerme despierto. Debí de quedarme medio dormido pensando "Salida a 1 milla", porque al cabo de un rato vi otro letrero anunciando otra ciudad y me di cuenta de que había pasado de largo mi salida. Di un golpe en la salpicadera. Entonces hice girar el coche allí mismo, en medio de la autopista, y volví a avanzar en dirección contraria. No había tráfico y, de todos modos, me habría dado lo mismo. Iba a llegar a esa salida. Pisé el acelerador a fondo. No tardó en aparecer una rampa ante mi vista —la de entrada, no la de salida— y me dirigí a ella haciendo rechinar los neumáticos. Era uno de esos accesos largos que describen una curva, por lo que mantuve el volante girado mientras avanzaba rápidamente, bajando y dando la vuelta.

De pronto me cegaron dos luces enormes, como dos soles gigantescos. Retumbó el claxon de un camión, hubo una colisión estremecedora, mi automóvil salió volando por encima de un terraplén y aterrizó con fuerza, dando golpes cuesta abajo. Había cristales por todas partes y latas de cerveza dando tumbos; me aferré como un loco al volante, el coche dio una sacudida hacia atrás y me lanzó boca abajo. No sé cómo, pero encontré la manija de la puerta y tiré de ella con fuerza; recuerdo imágenes fugaces de cielo oscuro y hierbajos verdes y un sonido atronador de algo sólido que caía estrepitosamente desde lo alto.

Cuando abrí los ojos estaba tendido sobre la hierba mojada. Mi coche se hallaba medio enterrado bajo una valla publicitaria de un concesionario de Chevrolet local contra la que al parecer se había estrellado. En una de esas inesperadas actuaciones de la física debí de salir despedido del vehículo antes del impacto final. No sé cómo explicarlo. Cuando quieres morir, salvas la vida. ¿Quién puede explicar eso?

Me puse de pie, lenta y dolorosamente. Tenía la espalda empapada. Me dolía todo el cuerpo. Seguía cayendo una ligera lluvia, pero reinaba el silencio, excepto por el canto de los grillos. Normalmente, llegados a ese punto, uno diría: "me alegré de seguir con vida", pero yo no puedo decirlo porque no me alegré. Levanté la vista hacia la carretera. Distinguí el camión entre la niebla como un descomunal naufragio, con la cabina torcida como si tuviera el cuello roto. Salía vapor del cofre. Uno de los faros todavía funcionaba y proyectaba un solitario haz de luz que convertía los cristales rotos en diamantes que centelleaban sobre la pendiente embarrada.

¿Dónde estaba el conductor? ¿Estaba vivo? ¿Herido? ¿Sangraba? ¿Respiraba? Lo más valeroso, por supuesto, hubiera sido subir a comprobarlo, pero el valor no era mi fuerte en aquellos momentos.

Así, pues, no lo hice.

En lugar de eso, bajé las manos con las palmas abiertas contra los costados, me di la vuelta hacia el sur y me encaminé a mi antigua ciudad. No estoy orgulloso de ello, pero no fue una reacción racional, en absoluto. Yo era un zombi, un robot, no me importaba nadie, incluido yo mismo (la verdad es que quien menos me importaba era yo). Me olvidé del coche, del camión, de la pistola; lo dejé todo atrás. Mis zapatos hacían crujir la grava y oí que los grillos se reían.

No sé cuánto tiempo estuve andando. El suficiente como para que cesara la lluvia y el cielo empezara a iluminarse con los primeros indicios del alba. Llegué a las afueras de Pepperville Beach, que se distinguía por un gran depósito de agua oxidado situado justo detrás de los campos de beisbol. Trepar por los depósitos de agua era un rito de tránsito en las ciudades pequeñas como la mía y, los fines de semana, mis compañeros de entrenamiento y yo solíamos subirnos a aquél con los botes de pintura en aerosol metidos en la cintura de los pantalones.

Entonces me hallaba de nuevo ante aquel depósito. Empapado, viejo, destrozado, borracho y debería añadir que tal vez siendo un asesino, o eso creía, puesto que no vi al conductor del camión. No importaba, porque lo que hice a continuación fue un acto impensado, estaba decidido a hacer de aquélla la última noche de mi vida.

Encontré el pie de la escalera.

Empecé a ascender.

Tardé un poco en llegar al depósito sellado. Cuando al fin lo hice me desplomé en la pasarela jadeando, aspirando el aire. En el fondo de mi aturdida mente, una voz me reprendió por estar en tan baja forma.

Miré hacia los árboles por debajo de mí. Tras ellos vi el campo de beisbol en el que mi padre me había enseñado a jugar. Su imagen todavía desenterró recuerdos tristes. ¿Qué es lo que tiene la niñez que nunca te abandona, ni siquiera cuando estás tan destrozado que cuesta creer que alguna vez fuiste niño?

El cielo se estaba iluminando. Los grillos sonaban más fuerte. Me sobrevino un repentino y fugaz recuerdo de la pequeña Maria dormida en mi pecho, cuando era tan pequeña que podías acunarla en un solo brazo y su piel olía a polvos de talco. Entonces me vi a mí mismo, empapado y sucio como estaba entonces, irrumpiendo en su boda: la música se detenía y todo el mundo levantaba la vista horrorizado, Maria más horrorizada que nadie.

Bajé la cabeza.

No me echarían de menos.

Di dos pasos corriendo, agarré la barandilla y me arrojé por encima.

~ El resto es inexplicable. No puedo decirte dónde caí ni cómo sobreviví. Lo único que recuerdo son golpes, giros, roces; di vueltas, raspé contra algo y luego vino un trompazo final. ¿Ves estas cicatrices que tengo en la cara? Me figuro que me las hice entonces. Tuve la impresión de que caía durante mucho rato.

Cuando abrí los ojos me vi rodeado de pedazos que habían caído del árbol. Las piedras me presionaban el vientre y el pecho. Levanté el mentón y vi lo siguiente: el campo de beisbol de mi juventud bajo las primeras luces del día, las dos casetas y el montículo.

Y a mi madre, que llevaba muerta varios años.

II
Mañana

La mamá de Chick

~~~M~~i padre me dijo en una ocasión: "Puedes ser el niño de mamá o el niño de papá, pero no puedes ser ambas cosas".

De modo que fui el niño de papá. Imitaba su manera de andar. Imitaba su risa grave que olía a tabaco. Llevaba un guante de beisbol porque él adoraba el beisbol, y atrapaba todos sus implacables lanzamientos, incluso los que me hacían escocer tanto las manos que creía que iba a gritar.

Al salir de la escuela corría hacia la licorería que mi padre tenía en Kraft Avenue y me quedaba allí hasta la hora de la cena, jugando con cajas vacías en el almacén mientras esperaba a que él terminara. Volvíamos juntos a casa en su Buick Sedan de color azul celeste y a veces nos quedábamos sentados dentro del vehículo en el camino de entrada mientras él fumaba sus Chesterfield y yo escuchaba las noticias en la radio.

Tenía una hermana menor llamada Roberta que en aquella época iba a casi todas partes con unas zapatillas de danza de color rosa. Cuando comíamos en la cafetería local, mi madre la jalaba para llevarla al servicio de "damas" —sus pies rosados se deslizaban por las baldo-

sas— en tanto que mi padre me llevaba al de "caballeros". En mi mente infantil me figuraba que así lo asigna-
ba la vida: yo con mi padre y ella con mi madre. Damas.
Caballeros. Niñas de mamá. Niños de papá.

Un niño de papá.

Yo era un niño de papá y lo seguí siendo hasta un
caluroso y despejado sábado de primavera por la mañana, cuando iba en quinto año. Aquel día jugábamos dos
encuentros consecutivos contra los Cardenales, que ves-
tían uniformes rojos y estaban patrocinados por la fonta-
nería Connor's.

El sol ya calentaba la cocina cuando entré con mis
calcetines largos puestos y el guante de beisbol en la
mano, y vi a mi madre sentada a la mesa fumando un
cigarro. Mi madre era una mujer hermosa, pero aquella
mañana no lo parecía. Se mordió el labio y volteó la cabeza. Recuerdo el olor a pan quemado y pensé que se
había disgustado porque había echado a perder el desayuno.

–Tomaré cereales —dije.

Saqué un plato hondo de la alacena.

Ella carraspeó.

–¿A qué hora tienes el partido, cariño?

–¿Estás resfriada? —le pregunté.

Ella dijo que no con la cabeza y se llevó una mano
a la mejilla.

–¿A qué hora es el partido?

–No lo sé —me encogí de hombros. Por aquel entonces yo todavía no llevaba reloj.

Agarré la botella de cristal de la leche y la gran caja de
hojuelas de maíz inflado. Eché las hojuelas demasiado
aprisa y algunas rebotaron, salieron del plato y cayeron en

la mesa. Mi madre las recogió, una a una, y las puso en la palma de su mano.

–Te llevaré yo —susurró. Sea a la hora que sea.

–¿Por qué no puede llevarme papá? —pregunté.

–Papá no está.

–¿Dónde está?

Ella no respondió.

–¿Cuándo va a volver?

Mi madre aplastó las hojuelas de maíz, que se desmenuzaron convirtiéndose en un polvo parecido a la harina.

A partir de aquel día fui el niño de mamá.

Ahora, cuando digo que vi a mi madre muerta, quiero decir exactamente eso. La vi. Estaba de pie junto a la caseta, llevaba puesta una chamarra de color azul lavanda y tenía la cartera en la mano. No dijo ni una palabra. Se limitó a mirarme.

Intenté levantarme para ir hacia ella, pero caí de nuevo y una punzada de dolor recorrió mis músculos. Quise gritar su nombre, pero de mi garganta no salía ningún sonido.

Agaché la cabeza y junté las palmas de las manos. Volví a empujar con fuerza y aquella vez me levanté a medias del suelo. Alcé la mirada.

Se había ido.

No espero que des crédito a esto que te cuento. Es una locura, lo sé. No ves a los muertos. No recibes visitas. No te caes de un depósito de agua, milagrosamente vivo tras hacer todo lo posible por suicidarte, y ves a tu querida madre muerta en la línea de la tercera base con la cartera en la mano.

Le he dado todas las vueltas que probablemente tú le estés dando ahora mismo: una alucinación, una fantasía, un ensueño de borracho, los confusos entresijos de una mente desorientada. Como digo, no espero que me creas.

Pero eso es lo que ocurrió. Ella había estado allí. Yo la había visto. Permanecí tendido en el campo durante un tiempo indeterminado, luego me puse de pie y empecé a andar. Me sacudí la arena y la suciedad de las rodillas y los antebrazos. Me salía sangre de una docena de cortes, en su mayoría pequeños, aunque había unos cuantos más grandes. Noté el sabor de la sangre en la boca.

Atajé por una zona cubierta de hierba que ya conocía. El viento matutino agitaba los árboles y traía con él una lluvia de hojas amarillas, como un pequeño y revuelto temporal. Había intentado suicidarme dos veces y había fallado. ¿No era patético?

Me encaminé hacia mi antigua casa, decidido a terminar la tarea.

Querido Charley:

¡Que te DIVIERTAS mucho hoy en la ESCUELA!

Te veré a la hora de comer y nos tomaremos un batido.

¡Te quiero todos los días!

Mamá

(de los papeles de Chick Benetto, hacia 1954)

Cómo se conocieron mis padres

~~~ **M**i madre me escribía notas constantemente. Me las daba con disimulo siempre que me dejaba en algún sitio. Nunca lo entendí, pues cualquier cosa que hubiera tenido que decirme podría habérmela dicho entonces y ahorrarse así el papel y el horrible sabor del pegamento del sobre.

Creo que la primera nota me la dio el día que empecé a ir al colegio en 1954. ¿Qué tendría yo? ¿Unos cinco años? El patio de la escuela estaba lleno de niños que gritaban y corrían por ahí. Nos acercamos; una mujer con una boina negra hacía formar a los niños en filas delante de los maestros y yo no le solté la mano a mi madre. Vi que las otras madres les daban un beso a sus hijos y se alejaban. Debí de empezar a llorar.

–¿Qué pasa? —preguntó mi madre.

–No te vayas.

–Estaré aquí cuando salgas.

–No.

–No pasa nada. Estaré aquí.

–¿Y si no te encuentro?

–Me encontrarás.

–¿Y si te pierdo?

–No puedes perder a tu madre, Charley.

Sonrió. Metió la mano en el bolsillo interior de su saco y me entregó un pequeño sobre azul.

–Toma —dijo—, si me echas muchísimo de menos puedes abrirlo.

Me enjugó las lágrimas con un pañuelo de papel que sacó del bolso, me abrazó y se despidió. Todavía la veo caminando de espaldas, lanzándome besos, con los labios pintados de carmín de Revlon y el cabello recogido por encima de las orejas. Le dije adiós agitando la carta. Me imagino que no se le ocurrió pensar que era mi primer día de escuela y que no sabía leer. Así era mi madre. Lo que contaba era la intención.

~ Dicen que conoció a mi padre junto al lago Pepperville la primavera de 1944. Ella estaba nadando y él jugaba a lanzar una pelota de beisbol con un amigo suyo. Su amigo tiró la pelota demasiado alta y ésta cayó al agua. Mi madre fue nadando a rescatarla. Mi padre se zambulló. Cuando salió a la superficie con la pelota, se dieron un cabezazo.

–Y ya nunca dejamos de hacerlo —decía ella.

Su noviazgo fue rápido e intenso, porque así era mi padre, que empezaba las cosas con el propósito de terminarlas. Era un joven alto y robusto, recién salido del instituto, que se peinaba con un alto tupé y conducía el LaSalle azul y blanco de su padre. Se alistó en la segunda guerra mundial en cuanto pudo y le dijo a mi madre que le gustaría "ser el que matara más enemigos de toda la ciudad". Embarcó rumbo al norte de Italia, hacia los Apeninos y el valle del Po, cerca de Bolonia. En una carta que escribió desde allí en 1945 le propuso matrimonio a mi madre. "Cásate conmigo", escribió, lo cual a mí me pareció más bien una orden. Mi madre accedió en una carta que escribió a vuelta de correo en un papel de algodón especial que era demasiado caro para ella, pero que compró de todos modos, pues mi madre cuidaba tanto las palabras como el modo de transmitirlas.

Dos semanas después de que mi padre recibiera dicha carta, los alemanes firmaron la rendición. Iba a volver a casa.

Mi teoría era que nunca combatió lo suficiente para su gusto. Así, pues, hizo su propia guerra con nosotros.

~ Mi padre se llamaba Leonard, pero todo el mundo lo llamaba Len; mi madre se llamaba Pauline, pero todo el mundo la llamaba Posey, como en la canción infantil, "A pocketful of Posey".[1] Mi madre tenía unos ojos grandes y almendrados, un cabello largo y oscuro que casi siempre llevaba peinado en alto y un cutis aterciopelado. A la gente les recordaba a la actriz Audrey Hepburn y en nuestra pequeña ciudad no había muchas mujeres que encajaran con esa descripción. Le encantaba llevar maquillaje —rímel, delineador de ojos, polvos, de todo— y en tanto que la mayoría la consideraban "divertida" o "animada" o, más adelante, "excéntrica" u "obstinada", durante la mayor parte de mi niñez yo la consideré un fastidio.

---

[1] Hace referencia a una popular canción y juego infantiles: *Ring a ring of roses / a pocketful of posies / Tisha! Tisha! / We all fall down. (N. de la T.)*

¿Me había puesto las chanclas de goma? ¿Llevaba la chamarra? ¿Había terminado la tarea? ¿Por qué tenía un desgarrón en los pantalones?

Siempre estaba corrigiéndome la gramática.

–Yo y Roberta vamos a... —empezaba a decir yo.

–Roberta y yo —me interrumpía ella.

–Yo y Jimmy queremos...

–Jimmy y yo —decía ella.

En la mente de un niño, los padres encajan en determinadas posturas, y la postura de mi madre era la de una mujer con los labios pintados que, inclinada, me hacía un gesto admonitorio con el dedo suplicándome que fuera mejor de lo que era. La postura de mi padre era la de un hombre en reposo, apoyado contra una pared con un cigarro en la mano, mirándome mientras yo me hundía o nadaba.

Visto en retrospectiva, el hecho de que ella se inclinara hacia mí y él en sentido contrario debería haberme dicho muchas cosas. Pero era un niño, ¿y qué saben los niños?

Mi madre era una protestante francesa y mi padre un católico italiano, por lo que su unión tenía un exceso de Dios, culpa y descaro. Discutían constantemente. Por los niños. Por la comida. Por la religión. Mi padre colgaba un cuadro de Jesús en la pared de fuera del baño y, mientras estaba trabajando, mi madre lo ponía en otro lugar menos llamativo. Él llegaba a casa y gritaba: "¡No puedes cambiar de sitio a Jesús, por el amor de Dios!", y ella decía: "Es un cuadro, Len. ¿Crees que Dios quiere estar colgado junto al baño?".

Y él volvía a ponerlo allí.

Y al día siguiente ella lo cambiaba.

Y así una y otra vez.

Eran una mezcla de orígenes y culturas, pero si mi familia era una democracia, el voto de mi padre valía por dos. Él decidía lo que teníamos que cenar, de qué color pintar la casa, de qué banco ser clientes y qué canal ver en la televisión. El día en que nací, él le informó a mi madre: "Al niño lo bautizarán en la iglesia católica", y no hubo más que hablar.

Lo curioso es que él no era un hombre religioso. Después de la guerra, mi padre, que tenía una licorería, estaba más interesado en los beneficios que en las profecías. Y por lo que a mí concernía, lo único que yo tenía que adorar era el beisbol. Ya me lanzaba la pelota antes de que supiera andar. Me dio un bat de beisbol antes de que mi madre me dejara utilizar las tijeras. Dijo que algún día podía llegar a la liga nacional si tenía un "plan" y si "me ceñía al plan".

Cuando eres tan pequeño, claro está, sigues los planes de tus padres, no los tuyos.

Así, pues, cuando tenía siete años buscaba en el periódico las tablas de puntuaciones de los que iban a contratarme en el futuro. Tenía un guante en la licorería de mi padre por si éste podía robarle unos minutos al trabajo y lanzarme la pelota en el estacionamiento. En algunas ocasiones hasta me llevaba puestos los zapatos de clavos a la misa de los domingos, porque nos íbamos a los partidos de la American Legion justo al terminar el último cántico. Cuando se referían a la iglesia como la "Casa de Dios" me preocupaba que al Señor no le gustara que mis zapatos se clavaran en sus suelos. Una vez intenté permanecer de puntillas, pero mi padre me susurró "¿Qué demonios estás haciendo?", y bajé los pies enseguida.

~ A mi madre, en cambio, no le gustaba el beisbol. Ella había sido la única hija de una familia pobre y durante la guerra había tenido que dejar la escuela para ponerse a trabajar. Consiguió el diploma del instituto estudiando por las noches y después fue a la escuela de enfermería. Respecto a mí, ella sólo tenía en la cabeza los libros y la universidad, y las puertas que éstos me abrirían. Lo mejor que podía decir sobre el beisbol era que "te proporciona un poco de aire fresco".

No obstante, mi madre asistía a los partidos. Se sentaba en las gradas con sus grandes lentes de sol y el cabello bien peinado en la peluquería local. A veces la miraba desde la caseta y la veía contemplando el horizonte. Pero cuando me tocaba batear, ella aplaudía y gritaba "¡Eeeeey, Charley!", y supongo que eso era lo único que me importaba. Mi padre, que fue el entrenador de todos los equipos en los que jugué hasta el día en que se largó, me sorprendía mirándola y me gritaba: "¡La vista en la pelota, Chick! ¡Ahí arriba no hay nada que vaya a ayudarte!".

Supongo que mamá no formaba parte del "plan".

~ De todos modos, puedo decir que adoraba a mi madre, de ese modo en que los niños adoran a sus madres al mismo tiempo que no saben valorarlas. Ella hacía que resultara sencillo. Para empezar, era divertida. No le importaba mancharse la cara de helado para reírse. Hacía voces extrañas, como la de Popeye el Marino o la voz ronca de Louis Armstrong diciendo: "Si no lo llevas dentro no puedes sacarlo soplando". Me hacía cosquillas y dejaba que yo se las hiciera a ella, que apretaba los codos mientras se reía. Iba a arroparme todas las noches, me alborotaba el pelo y me decía: "Dale un beso a tu madre." Me decía que era un muchachito inteligente y que eso era un privilegio, se empeñaba en que leyera un libro cada semana y me llevaba a la biblioteca para asegurarse de que así fuera. A veces se vestía de un modo demasiado llamativo y cantaba con la música que escuchábamos, cosa que me molestaba. Pero entre nosotros no hubo nunca, ni por un momento, ningún problema de confianza.

Si mi madre lo decía, yo me lo creía.

No es que fuera poco exigente conmigo, no me entiendan mal. Me daba cachetadas. Me regañaba. Me castigaba. Pero me quería. Me quería mucho. Me quería cuando me caía de los columpios. Me quería cuando pisaba el suelo con los zapatos llenos de lodo. Me quería a pesar de los vómitos, los mocos y las rodillas ensangrentadas. Me quería con mis idas y venidas, en mis peores y mejores momentos. Tenía un pozo sin fondo lleno de amor para mí.

Su único defecto era que no me obligaba a esforzarme para conseguirlo.

Verás, ésta es mi teoría: los niños persiguen el amor que les es esquivo y, en mi caso, ése era el amor de mi padre. Él lo tenía guardado, como si fueran unos papeles en un portafolios. Y yo no dejaba de intentar meterme allí dentro.

Años después, tras la muerte de mi madre, hice una lista de "Las veces que mi madre me apoyó" y "Las veces que no apoyé a mi madre". El desequilibrio resultante era muy triste. ¿Por qué los niños presuponen tanto de uno de sus padres y relegan al otro a una posición inferior, más despegada?

Quizá es como decía mi viejo: Puedes ser el niño de mamá o el niño de papá, pero no puedes ser ambas cosas. De modo que te aferras a aquel que crees que podrías perder.

Las veces que mi madre me apoyó

Tengo cinco años. Vamos caminando al supermercado Fanelli's. Una vecina con bata de baño y tubos de color rosa abre la puerta mosquitera y llama a mi madre. Mientras ellas hablan yo voy paseando hasta el patio trasero de la casa de al lado.

De repente, salido de la nada, un pastor alemán se abalanza sobre mí. ¡Guauauuuu! Está atado a una cuerda de tender. ¡Guauauuu! Se levanta sobre las patas traseras, tirando de la correa. ¡Guauuauuu!

Me doy la vuelta rápidamente y echo a correr. Voy chillando. Mi madre viene corriendo hacia mí.

—¿Qué? —grita, agarrándome de los codos—, ¿qué pasa?

—¡Un perro!

Mi madre suelta aire.

—¿Un perro? ¿Dónde? ¿Ahí detrás?

Digo que sí con la cabeza, llorando.

Me hace dar la vuelta a la casa. Ahí está el perro, que empieza a aullar de nuevo.

¡Guauauauuuuu! Retrocedo de un salto, pero mi madre me hace avanzar de un tirón. Y se pone a ladrar.

Ladra. Hace el mejor ladrido que nunca oí hacer a un humano.

El perro se agacha, gimoteando. Mi madre se da la vuelta.

—Tienes que enseñarles quién manda, Charley —me dice.

(sacado de una lista que había en un cuaderno hallado entre las pertenencias de Chick Benetto)

Chick regresa a su antigua casa

Para entonces, el sol de la mañana apenas asomaba por el horizonte y llegaba hasta mí como un lanzamiento bajo brazo por entre las casas de mi antiguo vecindario. Me protegí los ojos con la mano. Como estábamos a principios de octubre, ya había montones de hojas apiladas contra la banqueta; más hojas de las que recordaba de los otoños que pasé allí y menos espacio abierto en el cielo. Creo que en lo que más reparas cuando hace tiempo que no estás en casa es en lo mucho que han crecido los árboles en tu recuerdo.

Pepperville Beach. ¿Sabes por qué se llama así? Casi resulta embarazoso. Hace años, algún empresario que creía que la ciudad sería más impresionante si tuviéramos playa, aunque aquí no hubiera mar, había llenado una pequeña parcela con arena que trajeron en camiones. Dicho empresario entró a formar parte de la cámara de comercio y consiguió incluso que le cambiaran el nombre a la ciudad —Pepperville Lake, el lago Pepperville, se convirtió en Pepperville Beach, la playa Pepperville—, a pesar del hecho de que nuestra "playa" tenía unos columpios y un tobogán y de que en cuanto había doce familias ya tenías que sentarte en la toalla de otra persona. Para los que crecíamos aquí se convirtió en una especie de broma. Decíamos: "¡Eh! ¿Quieres que vayamos a la playa?" o "¡Qué bien, me parece que hoy hace día de playa!", porque sabíamos que no engañábamos a nadie.

En cualquier caso, la casa se encontraba cerca del lago —y de la "playa"— y mi hermana y yo la habíamos conservado después de la muerte de nuestra madre porque supongo que albergábamos la esperanza de que algún día llegara a valer algo. Para ser sincero, nunca tuve valor para venderla.

Entonces me encaminé a aquella casa, encorvado como un fugitivo. Había abandonado el escenario de un accidente y seguramente alguien habría encontrado el coche, el camión, la valla publicitaria rota, la pistola. Me dolía todo el cuerpo, sangraba y todavía estaba medio aturdido. Esperaba oir las sirenas de la policía en cualquier momento..., aún con más motivo tenía que suicidarme primero.

Subí tambaleándome por los escalones del porche. Encontré la llave que escondíamos debajo de una piedra falsa en un pequeño jardín de flores (una idea de mi hermana). Miré a ambos lados por encima del hombro y no vi nada, ni policía, ni gente, ni un solo automóvil en ninguna dirección; empujé la puerta para abrirla y entré.

La casa olía a humedad y también se notaba un débil y dulce olor a limpiador de alfombras, como si alguien hubiera lavado la nuestra recientemente (¿el conserje al que pagábamos, quizá?). Pasé junto al clóset del vestíbulo y junto a la barandilla por la que solíamos deslizarnos cuando éramos pequeños. Entré en la cocina con su viejo suelo de baldosas y sus alacenas de madera de cerezo. Abrí el refrigerador porque buscaba algo que tuviera alcohol; a esas alturas ya era un acto instintivo.

Y retrocedí.

Había comida en el interior.

Recipientes de plástico. Sobras de lasaña. Leche descremada. Jugo de manzana. Yogur de frambuesas. Por un fugaz momento me pregunté si alguien se habría instalado allí, algún ocupante ilegal, y si aquélla era entonces su casa, el precio a pagar por descuidarla tanto tiempo.

Abrí una alacena. Había té Lipton y un frasco de café Sanka. Abrí otra alacena. Azúcar. Sal Morton. Pimentón dulce. Orégano. Vi un plato en el fregadero, en remojo bajo las burbujas. Lo saqué y volví a sumergirlo, como si intentara volver a dejarlo en su sitio.

Entonces oí algo.

Provenía del piso de arriba.

–¿Charley?

Otra vez.

–¿Charley?

Era la voz de mi madre.

Salí corriendo por la puerta de la cocina con los dedos mojados de agua jabonosa.

Las veces que no apoyé a mi madre

Tengo seis años. Es Halloween. La escuela celebra su desfile anual de Halloween. Todos los niños marcharán por unas cuantas manzanas del vecindario.

—Cómprale un disfraz y ya está —dice mi padre. En el supermercado tienen.

Pero mi madre decide que no, que puesto que es mi primer desfile ella misma me hará el disfraz: la momia, mi personaje de terror favorito.

Corta unos trapos blancos y toallas viejas y me envuelve con ellos, sujetándolos con alfileres de seguridad. Luego cubre los trapos con capas de papel higiénico que pega con cinta adhesiva. Tarda un buen rato, y termina, me miro en el espejo. Soy una momia. Alzo los hombros y voy tambaleándome de un lado a otro.

—¡Uuuh! Das mucho miedo —dice mi madre.

Me lleva en coche a la escuela. Empezamos el desfile. Cuanto más camino más se me sueltan los trapos. Entonces, a unas dos manzanas, empieza a llover. En cuanto me quiero dar cuenta el papel higiénico ya se está deshaciendo. Los trapos me cuelgan. No tardan en caerse y se me quedan en los tobillos, en las muñecas y en el cuello, se me ve la camiseta y los pantalones de la pijama, que mi madre pensó que serían la ropa interior más adecuada.

—¡Miren a Charley! —chillan los demás niños. Se están riendo. Yo me estoy poniendo colorado. Quiero desaparecer, pero ¿adónde vas en mitad de un desfile?

Los padres esperan con las cámaras en el patio de la escuela y yo llego hecho un revoltijo de trapos y trozos colgantes de papel higiénico mojado. Enseguida veo a mi madre. Ella se lleva la mano a la boca al verme. Rompo a llorar.

—¡Me destrozaste la vida! —le grito.

—¿Charley?

Lo que más recuerdo de cuando me escondí en aquel porche trasero es la rapidez con la que me quedé sin aliento. Estaba frente al refrigerador, moviéndome pesadamente, y al cabo de un segundo el corazón me latía con tanta fuerza que pensé que no habría oxígeno suficiente para soportarlo. Estaba temblando. Tenía la ventana de la cocina a mis espaldas, pero no me atreví a mirar por ella. Había visto a mi madre muerta y ahora había oído su voz. Ya me había roto partes del cuerpo en otras ocasiones, pero aquélla fue la primera vez que me preocupaba haberme dañado la cabeza.

Me quedé allí, con el pecho palpitante y la mirada clavada en el suelo de tierra que tenía frente a mí. Cuando éramos niños a aquello lo llamábamos nuestro "jardín", pero no era más que un cuadrado de césped. Se me ocurrió cruzarlo dando saltos hacia una casa vecina.

Entonces se abrió la puerta.

Y salió mi madre.

Mi madre.

Allí mismo. En aquel porche.

Y volteó hacia mí.

Y dijo:

—¿Qué estás haciendo aquí afuera? Hace frío.

Bueno, no sé si puedo explicar el salto que di. Es como bajarse del planeta. Está todo lo que sabes y todo lo que ocurre. Cuando las dos cosas no coinciden, tienes que elegir. Vi a mi madre, viva, frente a mí. La oí volviendo a pronunciar mi nombre. "¿Charley?" Era la única persona que me llamaba así.

¿Acaso estaba alucinando? ¿Debía avanzar hacia ella? ¿Era como una burbuja que estallaría? Lo cierto es que en aquellos momentos mis miembros parecían pertenecer a otra persona.

—¿Charley? ¿Qué ocurre? Estás lleno de heridas.

Ella llevaba unos pantalones azules y un suéter blanco —al parecer siempre iba vestida de calle, daba igual lo temprano que fuera— y no parecía haber envejecido desde la última vez que la había visto, el día en que cumplió setenta y nueve años, con esos lentes de armazón rojo que le regalaron. Volteó suavemente las palmas de las manos y con la mirada me indicó que me acercara y... no sé, esos lentes, su piel, su cabello, su manera de abrir la puerta trasera como solía hacer cuando yo tiraba las pelotas de tenis que había en el tejado de nuestra casa. Algo se fundió en mi interior, como si su rostro despidiera calor. Me recorrió la espalda. Descendió hasta mis tobillos. Entonces algo se rompió, la barrera entre la fe y la incredulidad, y casi pude oir el chasquido.

Me di por vencido.

Me bajé del planeta.

–¿Charley? —dijo ella. ¿Qué te pasa?

Hice lo que habrías hecho tú.

Me abracé a mi madre como si no fuera a soltarla nunca.

Las veces que mi madre me apoyó

Tengo ocho años. Tengo que hacer una tarea para el colegio. Debo explicar delante de toda la clase: "¿Qué es lo que provoca el eco?"

Al salir de clases se lo pregunto a mi padre en la licorería. ¿Qué es lo que provoca el eco? Él está inclinado en el pasillo, comprobando el inventario con una tablilla con sujetapapeles y un lápiz.

—No lo sé, Chick. Es como un rebote.

—¿No ocurre en las montañas?

—¿Mmm? —dice él, que está contando botellas.

—¿En la guerra no estuviste en las montañas?

Me lanza una mirada.

—¿Por qué me preguntas eso?

Vuelve nuevamente la vista a su tablilla.

Aquella noche se lo pregunto a mi madre. ¿Qué es lo que provoca el eco? Ella agarra el diccionario y nos sentamos en la sala de estar.

—Deja que lo haga él solo —le espeta mi padre.

—Len —replica ella—, me está permitido ayudarle.

Mi madre trabaja conmigo durante una hora. Yo memorizo las líneas. Practico de pie frente a ella.

—¿Qué es lo que provoca el eco? —empieza.

–*La persistencia de un sonido después de que haya cesado su fuente* —digo yo.

–*¿Cuál es uno de los requisitos para que haya eco?*

–*El sonido tiene que rebotar en algún sitio.*

–*¿Cuándo podemos oir el eco?*

–*Cuando hay silencio y se absorben los demás sonidos.*

Ella sonríe.

–*Bien* —*dice. Luego añade*—: *Eco* —*se tapa la boca y masculla*—: *Eco, eco, eco.*

Mi hermana, que ha estado observando nuestra actuación, señala con el dedo y grita:

–*¡Es mamá la que habla! ¡La estoy viendo!*

Mi padre enciende el televisor.

–*¡Qué pérdida de tiempo!* —*suelta.*

La melodía cambia

~¿Recuerdas aquella canción que se llamaba "Esto podría ser el comienzo de algo grande"? Era una melodía rápida y animada que normalmente cantaba un tipo vestido de esmoquin delante de una gran orquesta de jazz. Decía así:

Caminas por la calle, o estás en una fiesta,
o acaso estás solo y de pronto lo entiendes,
miras a los ojos de otra persona y de pronto te das
  cuenta
de que esto podría ser el comienzo de algo grande.

A mi madre le encantaba esa canción. No me preguntes por qué. La tocaban al principio del *Programa de Steve Allen*, allá por la década de los cincuenta, un programa que recuerdo en blanco y negro, aunque en aquella época todo parecía ser en blanco y negro. El caso es que mi madre creía que esa canción era "la bomba", así la llamaba —"¡Oooh, ésta es 'la bomba'!"— y siempre que la ponían por la radio ella chasqueaba los dedos como si estuviera dirigiendo la banda. Teníamos un equipo de alta fidelidad y un día por su cumpleaños le regalaron un álbum de Bobby Darin. Él cantaba esa canción y mi madre ponía el disco después de cenar mientras fregaba los platos. Eso era cuando mi padre todavía estaba en escena. Él leía el periódico y mi madre se acercaba y tamborileaba con los dedos en sus hombros, cantando "esto podría ser el comienzo de algo grande" y, por supuesto, él ni siquiera levantaba la mirada. Entonces ella se acercaba a mí y hacía como si tocara la batería en mi pecho mientras cantaba:

Comes en el Twenty-One, vigilas tu dieta,
declinas una charlota y aceptas un higo,
del despejado cielo azul surge una pareja.
Y esto podría ser el comienzo de algo grande.

A mí me entraban ganas de reir, sobre todo cuando decía "un higo", pero como mi padre no participaba, el hecho de reírme me parecía una traición. Entonces mi madre empezaba a hacerme cosquillas y ya no podía evitarlo.

–Esto podría ser el comienzo de algo grande —decía—, chico grande, chico grande, chicograndechicograndechicograndе.

Solía poner esa canción todas las noches. Pero cuando mi padre se marchó no volvió a hacerlo. El disco de Bobby Darin no se movía del estante. El tocadiscos acumulaba polvo. Al principio pensé que habían cambiado sus gustos musicales, tal como nos ocurría de niños, cuando en un momento dado pensabas que Johnnie Ray era un buen cantante, pero acababas creyendo que Gene Vincent era mucho mejor. Más adelante supuse que no quería recordar que había fracasado lo que tenía que ser "algo grande".

El encuentro en el interior
de la casa

La mesa que teníamos en la cocina era redonda y estaba hecha de madera de roble. Una tarde, cuando íbamos a la escuela primaria, mi hermana y yo grabamos nuestros nombres en ella con unos cuchillos para la carne. No habíamos terminado cuando oímos que se abría la puerta —nuestra madre había llegado del trabajo—, por lo que volvimos a meter los cuchillos en el cajón. Mi hermana agarró lo más grande que encontró, dos litros de jugo de manzana, y lo puso encima. Cuando mi madre entró vestida de enfermera y con un montón de revistas en los brazos, debimos de decir "Hola, mamá" demasiado rápido, porque ella sospechó inmediatamente. Lo ves enseguida en la cara de tu madre, esa mirada de "¿Qué han hecho, niños?". Quizá fuera porque a las 5:30 de la tarde estábamos sentados a una mesa, por lo demás vacía, con dos litros de jugo de manzana entre nosotros.

Fuera como fuere, mi madre, sin dejar las revistas, empujó suavemente el jugo con el codo, vio CHAR y ROBER —no habíamos podido escribir más— y soltó un fuerte sonido de exasperación, algo parecido a "uhhhhch". Entonces gritó: "¡Maravilloso, sencillamente maravilloso!", y en mi mente de niño creí que tal vez no fuera tan malo. Maravilloso quería decir maravilloso, ¿no?

En aquella época mi padre viajaba, y mi madre nos amenazó con su ira cuando él regresara a casa. Pero aquella noche, sentados a la mesa comiendo pan de carne con un huevo duro dentro —una receta que mi madre había leído en alguna parte, quizá en una de esas revistas que llevaba—, mi hermana y yo no dejábamos de mirar nuestra obra.

–Han estropeado completamente la mesa, ¿saben? —dijo mi madre.

–Lo siento —mascullamos nosotros.

–Y podrían haberse cortado los dedos con esos cuchillos.

Permanecimos allí sentados mientras nos reprendía, con la cabeza gacha al nivel obligatorio para los castigos. Sin embargo, ambos estábamos pensando lo mismo. Salvo que mi hermana lo dijo:

–¿Podemos terminarlo para que al menos nuestros nombres estén bien escritos?

Yo dejé de respirar un momento, asombrado por su valentía. Mi madre le lanzó una mirada asesina. Entonces se echó a reir. Y mi hermana se echó a reir. Yo escupí un bocado de pan de carne.

Nunca terminamos los nombres. Permanecieron siempre allí como CHAR y ROBER. Mi padre, por supuesto, se puso furioso cuando llegó a casa. Pero creo que con los años, mucho después de que nos marcháramos de Pepperville Beach, a mi madre llegó a gustarle la idea de que hubiéramos dejado allí algo de nosotros, aunque faltaran unas letras.

Me senté entonces a la mesa de la cocina y vi esas marcas, y luego a mi madre —o a su fantasma, o lo que fuera— que volvía de la otra habitación con un frasco de antiséptico y una toallita. Miré cómo vertía el antiséptico en la tela, me agarraba el brazo y me levantaba la manga, como si fuera un niño pequeño que se hubiera caído de los columpios. Quizá estés pensando: ¿Por qué no gritar la absurdidad de la situación, los hechos evidentes que hacían que todo aquello fuera imposible y cuyas primeras palabras son: "Estás muerta, mamá"?

Sólo puedo responder diciendo que para mí, al igual que para ti, tiene sentido ahora, al volver a contarlo, pero en aquel momento no lo tenía. En aquel momento estaba tan atónito por el hecho de volver a ver a mi madre que parecía imposible corregir la situación. Era como un sueño, y quizá una parte de mí tenía la sensación de estar soñando. No lo sé. Si has perdido a tu madre, ¿puedes imaginar verla delante de ti de nuevo, lo bastante cerca como para tocarla, para percibir su olor? Sabía que la habíamos enterrado. Recordaba el funeral. Recordaba haber echado una simbólica palada de tierra sobre su ataúd.

Pero cuando se sentó frente a mí, me frotó la cara y los brazos con la toallita, hizo una mueca al ver las cortadas y masculló "Mírate"... No sé cómo decirlo. Eso penetró en mis defensas. Hacía mucho tiempo que nadie quería estar tan cerca de mí, mostrar la ternura necesaria para arremangar una camisa. Ella se preocupaba. A ella sí le importaba. Cuando yo ni siquiera tenía dignidad para seguir con vida, ella me limpiaba las heridas y volví a ser un hijo; volví a serlo con la misma facilidad con la que tú te echas en tu almohada por la noche.

Y no quería que eso terminara. No puedo explicarlo mejor. Sabía que era imposible, pero no quería que terminara.

–¿Mamá? —susurré.

Hacía mucho tiempo que no lo decía. Cuando la muerte se lleva a tu madre, destierra esa palabra para siempre.

–¿Mamá?

En realidad no es más que un sonido, un zumbido interrumpido por los labios al abrirse. Pero hay millones de palabras en este planeta y ninguna sale de tu boca de la misma manera en que lo hace ésta.

–¿Mamá?

Ella me limpiaba el brazo suavemente con la toallita.

–¡Ay, Charley! —suspiró. Mira los líos en los que te metes.

Las veces que mi madre me apoyó

Tengo nueve años. Estoy en la biblioteca del barrio.
La mujer de detrás del mostrador me mira por
encima de sus lentes. He elegido 20,000 leguas
de viaje submarino, de Julio Verne. Me gustan
los dibujos de la cubierta y me gusta la idea
de unas personas viviendo bajo el oceano.
No he mirado si las palabras son complicadas,
ni si la letra es pequeña. La bibliotecaria me
observa. Llevo la camisa por fuera y un zapato
desatado.
    —Esto es demasiado difícil para ti —dice.
    Veo que coloca el libro en una estantería que tiene
a sus espaldas. Era como si lo hubiese encerrado en
una cámara acorazada. Regreso a la sección infantil y
opto por un libro ilustrado sobre un mono. Me dirijo de
nuevo al mostrador. La mujer sella ese libro sin hacer
ningún comentario.
    Cuando mi madre pasa a recogerme con el coche,
subo apresuradamente al asiento delantero. Mi madre
ve el libro que he elegido.
    —¿No has leído ya este libro? —pregunta.
    —La señora no me dejó llevarme el que yo quería.
    —¿Qué señora?

—La señora de la biblioteca.

Mi madre apaga el motor.

—¿Por qué no dejó que te lo llevaras?

—Dijo que era demasiado difícil.

—¿Qué era demasiado difícil?

—El libro.

Mi madre me saca del coche de un tirón. Me hace entrar por la puerta de la biblioteca y me conduce hacia el mostrador.

—Soy la señora Benetto. Éste es mi hijo, Charley. ¿Le dijo usted que un libro era demasiado difícil para que lo leyera?

La bibliotecaria se pone tensa. Es mucho mayor que mi madre, cuyo tono me ha sorprendido dada la manera con que normalmente le habla a la gente mayor.

—Quería llevarse 20,000 leguas de viaje submarino, de Julio Verne —dice, tocándose los lentes. Es demasiado pequeño. Mírelo.

Yo agacho la cabeza. Mírame.

—¿Dónde está ese libro? —dice mi madre.

—¿Cómo dice?

—¿Dónde está ese libro?

La mujer se voltea para agarrarlo. Lo deja caer sobre el mostrador, como si quisiera decir algo mostrándonos su peso.

Mi madre agarra el libro y me lo pone entre los brazos.

—Nunca le diga a un niño que algo es demasiado difícil —le dice bruscamente. Y nunca, NUNCA, a este niño.

Cuando me quiero dar cuenta ya estoy saliendo por

la puerta, agarrando firmemente a Julio Verne mientras tiran de mí. Me siento como si acabáramos de robar un banco, mi madre y yo, y me pregunto si vamos a meternos en un lío.

Las veces que no apoyé a mi madre

Estamos sentados a la mesa. Mi madre está sirviendo la cena. Berenjenas gratinadas con salsa de carne.

–Siguen sin estar bien —afirma mi padre.

–No empieces otra vez —contesta mi madre.

–No empieces otra vez —la imita mi hermana. Le da vueltas al tenedor que tiene metido en la boca.

–Ten cuidado, que te lo vas a clavar—le dice mi madre, y le aparta la mano a mi hermana.

–Es por el queso, o el aceite —insiste mi padre, mirando su comida como si le diera asco.

–Las he hecho de diez maneras distintas —dice mi madre.

–No exageres, Posey. ¿Tan difícil es hacer algo que pueda comerme?

–¿No puedes comértelo? ¿Ahora resulta que es incomible?

–¡Por Dios! —refunfuña mi padre. ¿Me hace falta todo esto?

Mi madre deja de mirarlo.

–No, no te hace falta —dice poniéndome una ración en mi plato con enojo. Pero a mí sí, ¿verdad? Yo necesito discutir. Come, Charley.

–No me pongas tanto —digo.

–*Come lo que te doy* —*me espeta ella.*

–*¡Hay demasiado!*

–*Mamá* —*dice mi hermana.*

–*Lo único que estoy diciendo, Posey, es que si yo te pido que lo hagas, puedes hacerlo. Nada más. Te he explicado un millón de veces por qué no saben como es debido. Si no están bien, no están bien. ¿Quieres que mienta para hacerte feliz?*

–*Mamá* —*repite mi hermana. Está agitando el tenedor en el aire.*

–*¡Arrgghh!* —*mi madre suelta un grito ahogado. No hagas eso, Roberta. ¿Sabes qué, Len? La próxima vez los haces tú mismo. ¡Tú y tu dichosa cocina italiana! ¡Come, Charley!*

Mi padre adopta un aire despectivo y menea la cabeza.

–*Siempre la misma historia* —*se queja. Yo lo estoy mirando. Él me ve. Rápidamente me llevo la comida a la boca con el tenedor. Él hace un movimiento con la barbilla.*

–*¿A ti qué te parecen las berenjenas que ha hecho tu madre?* —*me pregunta.*

Yo mastico. Trago. Lo miro. Miro a mi madre. Ella hunde los hombros, exasperada. Están los dos esperando.

–*No están bien* —*digo entre dientes, mirando a mi padre.*

Él da un resoplido y le lanza una mirada a mi madre.

–*Hasta el niño lo sabe* —*dice.*

Un nuevo comienzo

—¿Puedes quedarte todo el día? —pregunta mi madre. Estaba de pie frente a la cocina económica, haciendo huevos revueltos con una espátula de plástico. Ya se habían tostado los panes. Sobre la mesa había un pedazo de mantequilla y una cafetera al lado. Yo estaba allí, desplomado en la silla, todavía me sentía aturdido y me costaba incluso tragar saliva. Tenía la sensación de que si me movía con demasiada brusquedad me iba a estallar todo. Ella se había atado un delantal en la cintura y, en los minutos que habían pasado desde que la vi, se había comportado como si aquél fuera un día como otro cualquiera, como si la hubiera sorprendido haciéndole una visita y, a cambio, me estuviera preparando el desayuno.

—¿Puedes, Charley? —dijo. ¿Puedes pasar un día con tu madre?

Oigo el chisporroteo de la mantequilla y los huevos.

—¿Mmm? —dijo.

Levantó la sartén y se acercó.

—¿Por qué estás tan callado?

Tardé unos segundos en poder responder, como si estuviera recordando las instrucciones para hacerlo.

¿Cómo hablas con los muertos? ¿Se utilizan otras palabras? ¿Un código secreto?

—Mamá —susurro finalmente—, esto es imposible.

Ella saca los huevos de la sartén y me los echa en el plato con brío. Observo cómo sus manos sarmentosas manejan la espátula.

—Come —me dice.

~A~hora los padres que se divorciaban informaban a sus hijos como si formaran un equipo. Los sentaban a todos. Explicaban las nuevas reglas. Mi familia se vino abajo antes de aquella época de progresismo; cuando mi padre se fue, se fue.

Después de pasarse unos días llorando, mi madre se pintó los labios, se puso rímel, hizo papas fritas y al darnos los platos dijo:

—Papá ya no va a vivir más aquí.

Y eso fue todo. Fue como un cambio de decorado en una obra de teatro.

Ni siquiera recuerdo cuándo se llevó sus cosas. Un día volvimos de la escuela y la casa parecía más espaciosa. Sobraba espacio en el clóset del vestíbulo de entrada. En el garaje faltaban cajas y herramientas. Recuerdo que mi hermana lloraba y preguntaba: "¿Papá se ha marchado por mi culpa?", prometiéndole a mi madre que se portaría mejor si él regresaba. Recuerdo que yo también tenía ganas de llorar, pero ya había caído en la cuenta de que ahora éramos tres, no cuatro, y que yo era el único varón. Incluso con once años, me sentía obligado para con el género masculino.

Además, cuando lloraba, mi padre solía decirme que levantara el ánimo. "Levanta el ánimo, muchacho, levanta el ánimo." Y, al igual que todos los niños cuyos padres se separan, intentaba comportarme de un modo que trajera de vuelta al ausente. Así, pues, nada de lágrimas, Chick. Tú no.

~ Durante los primeros meses creíamos que sería algo temporal. Una discusión. Un periodo de reflexión. Los padres se pelean, ¿no? Los nuestros sí lo hacían. Mi hermana y yo escuchábamos sus discusiones desde lo alto de la escalera, yo con mi camiseta blanca y ella con su pijama de color amarillo pálido y sus zapatillas de danza. A veces discutían por nosotros:

—¿Por qué no te encargas tú, Len, para variar?

—Tampoco es para tanto.

—¡Sí, sí es para tanto! ¡Siempre soy yo la bruja que tiene que decírselo a ellos!

O por el trabajo:

—¡Podrías prestar más atención, Posey! ¡Esa gente del hospital no es la única que importa!

—Están enfermos, Len. ¿Quieres que les diga que lo siento, pero que mi marido necesitaba que le planchara las camisas?

O por el beisbol:

—¡Es demasiado, Len!

—Podría llegar a ser alguien.

—¡Míralo! ¡Está siempre exhausto!

A veces, sentados en aquellas escaleras, mi hermana se tapaba los oídos y lloraba. Pero yo intentaba escuchar. Era como entrar a hurtadillas en un mundo de adultos.

Sabía que mi padre trabajaba hasta tarde, que en los últimos años pasaba algunas noches fuera, visitando a sus distribuidores de licores, y le decía a mi madre:

—Mira, Posey, si no les das plática, esos tipos te destripan como a un pez.

Yo sabía que estaba montando otra tienda en Collingswood, a una hora de distancia, y que trabajaba allí algunos días a la semana. Sabía que una tienda nueva significaría "más dinero y un coche mejor". Sabía que a mi madre no le gustaba la idea.

De modo que sí, discutían, pero nunca imaginé que eso tuviera consecuencias. En aquel entonces los padres no se separaban. Solucionaban las cosas. Seguían en el equipo.

Recuerdo una boda en la que mi padre vestía un esmoquin alquilado y mi madre llevaba un vestido de un rojo brillante. En el banquete salieron a bailar. Vi que mi madre levantaba la mano derecha. Vi que mi padre ponía su manaza encima. Aunque yo era muy joven, advertí que eran la pareja más apuesta de toda la pista de baile. Mi padre era un hombre alto, de figura atlética que, a diferencia de otros padres, tenía un vientre plano debajo de su camisa blanca de algodón. ¿Y mi madre? Bueno, a ella se le veía feliz, sonriente con su cremoso lápiz de labios rojo. Y cuando se le veía feliz, todo el mundo quedaba relegado a un segundo plano. Bailaba tan bien que no podías evitar mirarla, y su brillante vestido rojo parecía iluminarse con sus movimientos. Oí que algunas mujeres mayores de la mesa decían entre dientes: "¡Eso es pasarse!" y "¡Un poco de recato!", pero supe que lo que ocurría es que le tenían envidia porque no estaban tan guapas como ella.

Así es como yo veía a mis padres. Se peleaban, pero bailaban. Tras la desaparición de mi padre yo pensaba constantemente en esa boda. Casi mi convencí de que volvería para ver a mi madre con ese vestido rojo. ¿Cómo no iba a hacerlo? Pero con el tiempo dejé de pensar en ello. Con el tiempo llegué a ver aquel acontecimiento de la misma forma en que uno mira una descolorida fotografía de unas vacaciones. No es más que un lugar al que fuiste hace mucho tiempo.

–¿Qué quieres hacer este año? —me preguntó mi madre el primer mes de septiembre después del divorcio. Estaba a punto de empezar la escuela y ella hablaba de "comenzar de nuevo" y de "nuevos proyectos". Mi hermana había optado por un teatro de marionetas.

Miré a mi madre y puse la primera de un millón de caras raras.

–Quiero jugar a beisbol —respondí.

Una comida juntos

No sé cuánto tiempo pasé en aquella cocina —la cabeza todavía me daba vueltas y tenía la sensación de estar drogado, como cuando te das un cabezazo con la cajuela del coche—, pero en algún momento, quizá cuando mi madre dijo "come", me rendí físicamente a la idea de estar allí. Hice lo que mi madre me decía.

Pinché los huevos con el tenedor y me llevé un bocado a la boca.

Se podría decir que la lengua se me puso en posición de firmes. Llevaba dos días sin comer y empecé a engullir la comida como si fuera un prisionero. El hecho de masticar me distrajo de la imposibilidad de mi situación. Además, si puedo serte sincero, era tan delicioso como familiar. No sé qué tiene la comida que te hace tu madre, sobre todo cuando es algo que puede hacer cualquiera —pasteles, carne asada, ensalada de atún—, pero tiene un cierto sabor a recuerdo. Mi madre solía poner cebollín en los huevos revueltos —yo lo llamaba "las cositas verdes"—, y allí estaban otra vez.

De modo que me estaba comiendo un desayuno del pasado en una mesa del pasado con una madre del pasado.

–Come más despacio, que te va a caer mal —dijo ella.

Eso también pertenecía al pasado.

Cuando terminé, se llevó los platos al fregadero y dejó correr el agua sobre ellos.

–Gracias —mascullé.

Ella levantó la mirada.

–¿Acabas de decir "gracias", Charley?

Yo le dije que sí con un leve movimiento de la cabeza.

–¿Por qué?

Me aclaré la garganta.

–¿Por el desayuno?

Ella sonrió y terminó de lavar los platos. Viéndola allí, en el fregadero, me invadió una repentina sensación de familiaridad; yo sentado a aquella mesa y ella con los platos. Habíamos mantenido muchas conversaciones desde aquella misma posición, sobre la escuela, sobre mis amigos, sobre las habladurías de los vecinos que no debía creer, y el ruido del agua en el fregadero siempre nos hacía alzar la voz.

–No puedes estar aquí... —empecé a decir. Entonces me callé. Después de esa frase ya no pude seguir.

Ella cerró el grifo y se secó las manos con una toalla.

–Mira qué hora es —dijo. Tenemos que irnos.

Se inclinó y me tomó el rostro entre las manos. Tenía los dedos calientes y húmedos por el agua del fregadero.

–De nada —dijo—, por el desayuno.

Agarró la bolsa de la silla.

–Ahora sé un buen chico y ponte el abrigo.

20 de julio de 1959

Querido Charley:

Sé que estás asustado, pero no hay de qué tener miedo. A todos nosotros nos han operado de las amígdalas y míranos: ¡estamos bien!

Guarda esta carta. Ponla debajo de la almohada antes de que vengan los médicos. Te van a dar algo para que te entre sueño y antes de dormirte puedes acordarte de que mi carta está ahí; y si te despiertas antes de que venga a tu habitación puedes sacarla de debajo de la almohada y leerla otra vez. Leer es como hablar, de modo que imagínate que estoy allí hablando contigo.

Y pronto lo estaré.

¡Y después podrás comer todo el helado que quieras! ¿Qué te parece?

Te quiero todos los días.

Mamá

La familia de Chick
después del divorcio

Tras la separación de mis padres intentamos seguir igual durante un tiempo. Pero el vecindario no lo permitió. Las ciudades pequeñas son como metrónomos: a la más mínima sacudida cambia el compás. La gente era más amable con mi hermana y conmigo. En la consulta del médico nos daban un pirulí de más, o nos ponían una bola de helado más grande en el cucurucho. Las mujeres mayores, cuando se cruzaban con nosotros en la calle, nos apretaban los hombros con seriedad y preguntaban: "¿Cómo están, jovencitos?", lo cual nos parecía una pregunta de adultos. La versión infantil era: "¿Qué haces?".

La gente se mostraba más amable con nosotros, pero no con mi madre. En aquel entonces las parejas no se divorciaban. No conocía ni a un solo niño que hubiera tenido que pasar por ello. Separarse, al menos en el lugar donde vivíamos, era escandaloso, y una de las partes cargaba con la culpa.

En este caso la culpa recayó sobre mi madre, principalmente porque era la que seguía viviendo allí. Nadie sabía qué había ocurrido entre Len y Posey, pero Len se había marchado y Posey estaba allí para poder juzgarla. No ayudó mucho el hecho de que ella se negara a que la compadecieran o a llorar en sus hombros. Y, para empeorar aún más las cosas, todavía era joven y guapa. De modo que era una amenaza para las mujeres, una oportunidad para los hombres y un bicho raro para los niños. Bien pensado, las alternativas no eran muy buenas.

Con el tiempo me fijé en que la gente miraba a mi madre de un modo distinto cuando empujaba un carrito por la tienda de comestibles del barrio o cuando, en aquel primer año después del divorcio, nos dejaba en la escuela a mi hermana y a mí vestida con su uniforme blanco de enfermera, sus zapatos blancos y sus medias blancas. Siempre salía del coche para darnos un beso de despedida y yo era plenamente consciente de que las demás madres la miraban. Roberta y yo empezamos a sentirnos muy cohibidos y nos acercábamos a la puerta de la escuela como si chirriáramos.

—Dale un beso a tu madre —dijo un día, inclinándose hacia mí.

—No —respondí en aquella ocasión, y me aparté.

—¿No qué?

—Es que... —me agarré los hombros e hice una mueca—, no y ya está.

No podía mirarla, de modo que me miré los pies. Ella se quedó allí un momento antes de erguirse. Oí que se sorbía la nariz. Noté que me alborotaba el pelo.

Cuando levanté la vista, el coche ya se alejaba.

⁓ Una tarde estaba jugando a lanzar la pelota con un amigo en el estacionamiento de la iglesia cuando dos monjas abrieron la puerta trasera. Mi amigo y yo nos quedamos inmóviles, pues nos imaginamos que habíamos hecho algo malo, pero las monjas me hicieron señas para que me acercara. Cada una de ellas sostenía una bandeja de aluminio. Al acercarme me llegó el olor de guisado de carne y de ejotes.

–Toma —dijo una de ellas—. Para tu familia.

No entendía por qué me daban comida, pero a una monja no podías decirle "no, gracias", ni mucho menos. Así, pues, agarré las bandejas y me fui a casa, suponiendo que mi madre debía haberlas encargado especialmente.

–¿Qué llevas ahí? —me preguntó cuando entré en casa.

–Me lo dieron las monjas.

Ella retiró el papel de cera. Soltó un resoplido.

–¿Lo pediste tú?

–No. Yo estaba jugando a la pelota.

–¿No lo pediste tú?

–No.

–Porque no necesitamos comida, Charley. No necesitamos dádivas, si eso es lo que piensas.

Me puse a la defensiva. La verdad es que no entendía eso de "dádivas", pero sabía que significaba algo que no se le daba a todo el mundo.

–¡Yo no lo pedí! —protesté. ¡Ni siquiera me gustan los ejotes!

Nos miramos.

–La culpa no es mía —dije.

Ella me quitó las bandejas de las manos y las echó al fregadero. Metió el guisado de carne en el triturador de basura, aplastándolo con una cuchara grande. Hizo lo mismo con los ejotes. Se movía tan febrilmente que yo no podía apartar los ojos de ella metiendo toda esa comida en aquel pequeño agujero redondo. Dejó correr el agua. El triturador de basura rugió. Cuando el sonido se hizo más agudo, lo cual significaba que había terminado de triturar, mi madre retiró el tapón imantado. Cerró el grifo. Se secó las manos con el delantal.

—Bueno —dijo, volteándose hacia mí—, ¿tienes hambre?

~ La primera vez que oí la palabra "divorciada" fue después de un partido de beisbol de la American Legion. Los entrenadores estaban metiendo los bats en la parte trasera de una camioneta y uno de los padres del otro equipo agarró mi bat por error. Fui corriendo hacia él y le dije:

—Éste es mío.

—¿Ah, sí? —dijo él al tiempo que lo hacía rodar en la palma de su mano.

—Sí. Lo traje conmigo en la bici.

Podía haber dudado de lo que le decía, puesto que la mayoría de los niños venía con sus padres.

—Está bien —dijo, y me lo devolvió. Entonces entrecerró los ojos y me preguntó—: Tú eres el hijo de la divorciada, ¿verdad?

Me lo quedé mirando sin saber qué decir. ¿Divorciada? Sonaba exótico y yo no pensaba en mi madre de esa forma. Los hombres solían preguntar: "Tú eres el hijo de Len Benetto, ¿verdad?", y no estoy seguro de qué me molestaba más, si ser el hijo de aquella nueva palabra o si ya no ser el hijo de las antiguas.

—¿Cómo está tu madre? —preguntó.

Me encogí de hombros.

—Está bien.

—¿Sí? —dijo. Echó un rápido vistazo al campo y luego volvió a mirarme. ¿No necesita ayuda en casa?

Tuve la sensación de que mi madre estaba de pie a mis espaldas y de que yo era lo único que había entre ellos.

–Está bien —repetí.

Él asintió con la cabeza.

Si es posible desconfiar de un asentimiento, yo lo hice.

No obstante, si aquel fue el día en que me familiaricé con la palabra "divorciada", recuerdo perfectamente el día en que se volvió detestable. Mi madre había llegado a casa del trabajo y me había enviado a comprar salsa de tomate y panecillos al supermercado del barrio. Decidí tomar un atajo pasando por los patios traseros. Al doblar la esquina de una casa de ladrillo vi a dos chicos mayores de la escuela allí acurrucados. Uno de ellos, un niño fornido llamado Leon, sujetaba algo, ocultándolo contra el pecho.

–Hola, Benetto —dijo a toda prisa.

–Hola, Leon —le contesté.

Miré al otro chico.

–Hola, Luke.

–Hola, Chick.

–¿Adónde vas? —preguntó Leon.

–A Fanelli's —respondí.

–¿Ah, sí?

–Sí.

Dejó ver lo que estaba sujetando. Eran unos binoculares.

–¿Para qué es eso? —pregunté.

Él se volteó hacia los árboles.

–Es equipo del ejército —dijo. Binoculares.

–Con una lente de veinte aumentos —terció Luke.

–Déjame ver.

Me los pasó y los sostuve frente a mis ojos. El borde de los oculares estaba caliente. Los moví arriba y abajo, captando los colores borrosos del cielo, luego de los pinos y luego de mis pies.

–Los utilizan en la guerra —explicó Luke— para localizar al enemigo.

–Son de mi padre —anunció Leon.

Odiaba oir esa palabra. Se los devolví.

–Hasta luego —les dije.

Leon asintió con la cabeza.

–Hasta luego.

Seguí andando, pero no estaba tranquilo. Era por la manera en que Leon se había volteado hacia los árboles, demasiado aprisa, ¿sabes? De modo que di la vuelta por detrás de la casa y me escondí en los setos. Lo que vi me molesta incluso hoy en día.

Entonces estaban muy arrimados el uno al otro y ya no miraban hacia los árboles, sino hacia el otro lado, hacia mi casa, y se iban pasando los binoculares. Seguí la línea de visión hacia la ventana del dormitorio de mi madre. Vi su sombra moverse al otro lado del cristal, vi que alzaba los brazos por encima de la cabeza e inmediatamente pensé: "Llega a casa del trabajo, se cambia de ropa en el dormitorio". Me quedé helado. Sentí algo que me bajaba rápidamente del cuello a los pies.

–¡Uaaauuuu! —susurró Leon—, fíjate en la divorciada...

Creo que nunca he sentido tanta furia como entonces, ni antes ni después. Corrí hacia esos chicos con los ojos inyectados en sangre y, aunque eran más grandes que yo, salté desde detrás, agarré a Leon del cuello y la emprendí a puñetazos con todo lo que se movía, con todo.

Caminando

$\sim$ Mi madre se puso su abrigo blanco de lana y sacudió los hombros bajo él para colocárselo bien. Había pasado los últimos años de su vida peinando y maquillando a ancianas que estaban confinadas en sus casas e iba de un domicilio a otro manteniendo vivos sus rituales de belleza. Me dijo que aquel día tenía tres de esas "citas". La seguí hasta la calle por el garaje, todavía aturdido.

–¿Quieres que vayamos por el lago, Charley? —dijo. ¡Está tan bonito en esta época del año!

Yo asentí con la cabeza, sin decir nada. ¿Cuánto tiempo había pasado desde que estaba tumbado en la hierba mirando un vehículo destrozado? ¿Cuánto tiempo pasaría antes de que alguien me encontrara? Todavía notaba el sabor de la sangre en la boca y un dolor agudo me acometía en oleadas; tan pronto estaba normal como al cabo de un minuto me dolía todo. Pero allí estaba, caminando por mi antigua manzana, llevando la bolsa de vinil color púrpura con el material de peluquería de mi madre.

–Mamá —mascullé al fin—, ¿cómo...?

–¿Cómo qué, cariño?

Me aclaré la garganta.

–¿Cómo es que estás aquí?

–Vivo aquí —me respondió.

Sacudí la cabeza.

–Ya no —susurré.

Ella levantó la vista hacia el cielo.

–¿Sabes? El día en que naciste el tiempo era como el de ahora. Frío, pero magnífico. Empecé el trabajo de parto a media tarde, ¿recuerdas? —(como si yo tuviera que responder: "Ah, sí, lo recuerdo"). Ese médico, ¿cómo se llamaba? ¿Rapposo? El doctor Rapposo. Me dijo que tenía que dar a luz antes de las seis porque su esposa iba a prepararle su plato favorito para cenar y no quería perdérselo.

Yo ya había oído esa historia.

–Barritas de pescado —dije entre dientes.

–Barritas de pescado. ¿Te lo imaginas? Una cosa tan fácil de preparar. Por la prisa que tenía cualquiera hubiera pensado que sería por lo menos un bistec. Bueno, la verdad es que me daba igual. Tuvo sus barritas de pescado.

Me miró alegremente.

–Y yo te tuve a ti.

Dimos unos cuantos pasos más. Me martilleaba la frente. Me la froté con la base de la mano.

–¿Qué ocurrió, Charley? ¿Te duele?

La pregunta era tan sencilla que resultaba imposible contestarla. ¿Dolerme? ¿Por dónde tenía que empezar? ¿Por el accidente? ¿Por el salto? ¿Por la juerga de tres días? ¿Por la boda? ¿Cuándo no me dolía algo?

–No me he portado muy bien, mamá —le dije.

Ella siguió caminando, observando la hierba.

–¿Sabes? Después de casarme con tu padre estuve

tres años deseando tener un hijo. En aquella época tres años eran mucho tiempo para quedarse embarazada. La gente creía que tenía algún problema. Yo también lo pensaba.

Soltó aire suavemente.

—No concebía la vida sin hijos. En una ocasión, incluso... Espera. Vamos a ver.

Me condujo hasta el gran árbol que había en la esquina cercana a nuestra casa.

—Fue una noche en que no podía dormir, ya tarde —frotó la corteza con la mano como si estuviera desenterrando un viejo tesoro—, ah, todavía está.

Me incliné para verlo. Las palabras POR FAVOR estaban grabadas en el tronco con pequeñas letras torcidas. Tenías que fijarte bien, pero ahí estaban: POR FAVOR.

—Roberta y tú no eran los únicos que grababan cosas —dijo con una sonrisa.

—¿Qué es?

—Una plegaria.

—¿Para tener un hijo?

Ella asintió con la cabeza.

—¿Para tenerme a mí?

Volvió a asentir.

—¿En un árbol?

—Los árboles se pasan el día mirando a Dios.

Puse mala cara.

—Ya lo sé —alzó las manos en un gesto de capitulación. ¡Eres tan sensiblera, mamá!

Volvió a tocar la corteza y entonces profirió un leve "¡Um!". Parecía estar considerando todo lo sucedido desde aquella tarde en que vine al mundo. Me pregunté cuánto cambiaría ese sonido si supiera toda la historia.

–Bueno —dijo al tiempo que se alejaba—, ahora ya sabes que alguien te quería con todas sus fuerzas, Charley. A veces los niños lo olvidan. Se consideran una carga en lugar de un deseo concedido.

Se enderezó y se alisó el abrigo. Me entraron ganas de llorar. ¿Un deseo concedido? ¿Cuánto tiempo hacía desde que alguien se había referido a mí con una expresión parecida? Debería haber estado agradecido. Debería haber sentido vergüenza por haberle dado la espalda a mi vida. Lo que quería, en cambio, era tomarme una copa. Ansiaba la oscuridad de un bar, los focos de pocos vatios, el sabor del letargoso alcohol mientras miraba el vaso vacío, consciente de que en cuanto entrara en mí se evaporaría.

Avancé hacia ella y le puse la mano en el hombro; en cierto modo me esperaba que mi mano la atravesara, tal como pasa en las películas de fantasmas. Pero no ocurrió. Mi mano quedó allí apoyada, y noté sus finos huesos bajo la tela.

–Estás muerta —le espeté.

Una repentina brisa se llevó unas cuantas hojas de un montón.

–Le das demasiada importancia a las cosas —contestó.

Todo el mundo decía que Posey Benetto era muy buena conversadora. Pero, a diferencia de muchos buenos conversadores, también sabía escuchar. Escuchaba a los pacientes en el hospital. Escuchaba a los vecinos echados en camastros de playa los calurosos días de verano. Le encantaban los chistes. Le daba palmadas en el hombro a cualquiera que la hiciera reir. Era una mujer encantadora. Ése era el concepto que la gente tenía de ella: la Encantadora Posey.

Por lo visto, sólo fue así mientras las grandes manos de mi padre la estuvieron estrechando. En cuanto se divorció y se libró de sus garras, las demás mujeres no querían que ese encanto se acercara a sus maridos.

Por consiguiente, mi madre perdió a todos sus amigos. ¡Ni que hubiera tenido la peste! ¿Las partidas de cartas que mi padre y ella solían jugar con los vecinos? Se terminaron. ¿Las invitaciones a las fiestas de cumpleaños? Se acabaron. El día de Independencia olía a carbón en todas partes; sin embargo, nadie nos invitaba a su comida al aire libre. En navidad había coches delante de las casas y por las ventanas del patio se veía a los adultos relacionándose. Pero mi madre estaba en nuestra cocina, preparando masa para hacer galletas.

–¿No vas a ir a esa fiesta? —le preguntábamos.

–Vamos a hacer una fiesta aquí —respondía ella.

Hacía que pareciera que la decisión era suya. Nosotros tres solos. Durante mucho tiempo pensé que la noche de fin de año era una velada familiar, para echar jarabe de chocolate en el helado y abuchear a los imitadores de sonidos frente al televisor. Me sorprendió enterarme de que mis amigos adolescentes pasaban aquella noche asaltando la cantina de su casa porque sus padres se arreglaban y se marchaban antes de las ocho.

–¿Estás diciendo que te toca pasar año nuevo con tu madre? —me preguntaban.

–Sí —gemía yo.

Sin embargo, era a mi encantadora madre a la que le tocaba quedarse en casa.

Las veces que no apoyé a mi madre

Cuando mi papá se marcha yo ya había dejado de creer en Santa Claus, pero Roberta tan sólo tiene seis años y ejecuta toda la rutina: deja galletas, escribe una nota, se acerca a hurtadillas a la ventana, señala las estrellas y pregunta: ¿Eso de ahí es un reno?

El primer mes de diciembre que pasamos solos, mi madre quiere hacer algo especial. Encuentra un disfraz completo de Santa Claus: el gran saco rojo, los pantalones rojos, las botas, la barba postiza. La víspera de navidad le dice a Roberta que se vaya a la cama a las nueve y media y que, haga lo que haga, no se acerque a la sala a las diez, cosa que, por supuesto, significa que Roberta sale de la cama cinco minutos antes de las diez para acechar como un halcón.

La sigo con una linterna. Nos sentamos en la escalera. De repente la habitación se queda a oscuras y oímos un leve ruido. Mi hermana suelta un grito ahogado. Enciendo la linterna. Roberta exclama con un susurro "¡No, Chick!", y yo la apago, pero entonces, como tengo la edad que tengo, la vuelvo a encender y sorprendo a mi madre con su traje de Santa Claus y una funda de almohada en las manos. Se da la vuelta e intenta bramar: "¡Jo, jo, jo! ¿Quién anda ahí?". Mi hermana se esconde, pero, no sé por qué, yo sigo enfocando a mi madre con la luz, iluminando su rostro barbudo de modo que tiene que protegerse los ojos con la mano libre.

–¡Jo, jo! —vuelve a intentarlo.

Roberta está hecha un ovillo y mira por encima de los puños. Susurra:

–¡Apágala, Chick! ¡Vas a asustarle y se irá!

Pero yo únicamente veo la absurdidad de la situación, veo que a partir de ahora vamos a tener que fingirlo todo: fingir una mesa llena en la cena, fingir un Santa Claus femenino, fingir ser una familia en vez de tres cuartos de familia.

–Es mamá —le digo mezquinamente.

–¡Jo, jo, jo! —dice mi madre.

–¡No es verdad! —replica Roberta.

–Sí es verdad, idiota. Es mamá. Santa Claus no es una mujer, boba.

Sigo enfocando a mi madre y veo que su postura cambia: echa la cabeza hacia atrás y hunde los hombros, como un Santa Claus fugitivo atrapado por la policía. Roberta se echa a llorar. Me doy cuenta de que mi madre quiere gritarme, pero si lo hace se delatará, por lo que se me queda mirando fijamente entre su gorro tejido y su barba de algodón y yo siento la ausencia de mi padre por toda la estancia. Al final deja la funda de almohada llena de pequeños regalos en el suelo y sale por la puerta de la calle sin tan siquiera añadir otro "jo, jo, jo". Mi hermana regresa corriendo a la cama, deshecha en llanto. Yo me quedo en las escaleras con mi linterna, iluminando una habitación vacía y un árbol.

Rose

Seguimos andando por el viejo barrio. A estas alturas ya me he acostumbrado a una nebulosa aceptación de toda esta... ¿Cómo llamarla?... ¿Locura transitoria? Iría con mi madre adondequiera que ella quisiera ir hasta que pagara por lo que fuera que hubiese hecho. Para ser sincero, una parte de mí no quería que aquello terminara. Cuando aparece ante ti una persona querida a la que habías perdido, es tu mente la que se resiste, no tu corazón.

Su primera "cita" vivía en una pequeña casa de ladrillo en el centro de la calle Lehigh, a tan sólo dos manzanas de nuestra casa. El porche estaba cubierto con un toldo y en él había una jardinera llena de guijarros. El aire matutino parecía entonces demasiado frío y había una luz extraña que hacía que los bordes del escenario estuvieran definidos con una extraordinaria nitidez, como si estuvieran dibujados con tinta. Todavía no había visto a ninguna otra persona, pero era media mañana y la mayoría de la gente estaría trabajando.

–Llama —me dijo mi madre.

Llamé.

–Es dura de oído. Llama más fuerte.

Di unos golpes en la puerta.

–Vuelve a llamar.

Aporreé la puerta.

–No tan fuerte —dijo.

Por fin se abrió la puerta. Una anciana vestida con una bata y apoyada en una andadera apretó los labios en una sonrisa turbada.

–Buenos díííaaas, Rose —entonó mi madre. He traído a un joven conmigo.

–¡Oooh! —dijo Rose. Tenía la voz tan aguda que parecía la de un pajarito—, sí. Ya veo.

–¿Te acuerdas de mi hijo Charley?

–¡Oooh! Sí. Ya veo.

Retrocedió.

–Pasen, pasen.

Tenía una casa ordenada, pequeña y al parecer estancada en la década de 1970. La alfombra era de color azul añil. Los sofás estaban cubiertos de plástico. La seguimos hacia el lavadero. Con unos pasos anormalmente pequeños y lentos, marchamos detrás de Rose y su andador.

–¿Estás teniendo un buen día, Rose? —le preguntó mi madre.

–¡Oooh, sí! Ahora que has llegado.

–¿Te acuerdas de mi hijo, Charley?

–¡Oooh, sí! Es muy guapo.

Lo dijo dándome la espalda.

–¿Cómo están tus hijos, Rose?

–¿Cómo dices?

–¿Y tus hijos?

–¡Oooh! —agitó la palma de la mano. Vienen una vez

a la semana a ver cómo estoy. Como si fuera otra tarea más.

En aquellos momentos no sabía quién o qué era Rose. ¿Una aparición? ¿Una persona de carne y hueso? Su casa parecía muy real. La calefacción estaba en marcha y todavía se percibía el olor a pan tostado del desayuno. Entramos en el lavadero, donde había una silla colocada junto al fregadero. En un radio sonaba una canción de una orquesta de jazz.

—¿Quieres apagarlo, joven? —dijo Rose sin darse la vuelta. El radio. A veces lo pongo demasiado alto.

Encontré el botón del volumen y lo hice girar hasta que hizo "clic" y el aparato se apagó.

—¡Es terrible! ¿Te has enterado? —dijo Rose. Ha habido un accidente en la autopista. Lo estaban diciendo en las noticias.

Me quedé helado.

—Un automóvil chocó con un camión y atravesó un enorme letrero. Lo derribó del todo. Terrible.

Estudié el rostro de mi madre, esperando que se diera la vuelta y exigiera mi confesión. "Admite lo que hiciste, Charley."

—Bueno, Rose, las noticias son deprimentes —dijo, y siguió sin sacar las cosas de la bolsa.

—Ooh, sí —respondió Rose—, ya lo creo.

Un momento. ¿Lo sabían? ¿No lo sabían? Sentí un terror frío, como si alguien fuera a dar un golpe en las ventanas y pedirme que saliera.

En lugar de eso, Rose hizo girar la andadera en mi dirección, luego las rodillas y después sus huesudos hombros.

—Es estupendo que pases un día con tu madre —dijo. Es algo que los hijos deberían hacer más a menudo.

Puso una mano temblorosa en el respaldo de la silla que había junto al fregadero.

–Y ahora, Posey —dijo—, ¿todavía puedes ponerme guapa?

Quizá te estés preguntando cómo es que mi madre se convirtió en peluquera. Tal como he mencionado, había sido enfermera, una profesión que le gustaba de verdad. Poseía ese profundo pozo de paciencia para poner vendajes, sacar sangre y responder interminables preguntas preocupadas con optimistas palabras tranquilizadoras. A los pacientes masculinos les gustaba tener cerca a una persona joven y guapa. Y las pacientes femeninas le agradecían que les cepillara el pelo o las ayudara a pintarse los labios. Dudo que por aquel entonces eso formara parte del protocolo, pero mi madre maquillaba a un buen número de ocupantes de nuestro hospital del condado. Ella creía que así se sentían mejor. Ése era el objetivo de la estancia en un hospital, ¿no? "No se trata de ir allí y pudrirte", decía ella.

A veces, mientras cenábamos, se le ponía una mirada ausente y hablaba de "la pobre señora Halverson" y su enfisema o "el pobre Roy Endicott" y su diabetes. De vez en cuando dejaba de hablar sobre una persona y mi hermana preguntaba: "¿Qué ha hecho hoy la anciana señora Golinski?", y mi madre le respondía: "Se ha ido a casa, cariño". Mi padre la miraba con las cejas enarcadas y luego volvía a masticar la comida. Hasta que no me hice más mayor no caí en la cuenta de que "irse a casa" significaba "morirse". De todos modos, era en aquel momento cuando mi padre solía cambiar de tema.

En nuestro condado tan sólo había un hospital y cuando mi padre desapareció del mapa mi madre intentaba hacer todos los turnos posibles, lo cual significaba que no podía recoger a mi hermana al salir de la escuela. Así, pues, era yo el que pasaba a buscar a Roberta casi todos los días, la llevaba a casa y luego agarraba la bicicleta y me iba a entrenar beisbol.

—¿Crees que papá irá hoy? —me preguntaba.

—No, idiota —decía yo. ¿Por qué iba a venir hoy?

—Porque la hierba está crecida y tiene que cortarla —decía ella. O—: Porque hay un montón de hojas que rastrillar —o bien—: Porque es jueves, y los jueves mamá hace costillas de cordero.

—No creo que sea un buen motivo —respondía yo.

Ella esperaba antes de hacer la siguiente pregunta lógica.

—Entonces, ¿cómo es que se marchó, Chick?

—¡No lo sé! Se marchó y ya está, ¿de acuerdo?

—Ése tampoco es un buen motivo —mascullaba ella.

Una tarde, cuando yo tenía doce años y ella siete, mi hermana y yo salimos del patio de la escuela y oímos un claxon.

—¡Es mamá! —exclamó Roberta, que salió corriendo.

Mi madre no salió del coche, lo cual era extraño. Mi madre creía que era una grosería dar bocinazos para llamar a la gente; años después le advertiría a mi hermana que no valía la pena salir con un muchacho que no fuera a buscarla a la puerta de casa. Pero allí estaba, sentada en el coche, de modo que seguí a mi hermana, crucé la calle y entré en el vehículo.

Mi madre no tenía buen aspecto. Tenía los ojos manchados de negro por debajo de los párpados y no dejaba de carraspear. No llevaba puesto el uniforme blanco de enfermera.

–¿Qué haces aquí? —le pregunté. En aquel entonces le hablaba así.

–Dale un beso a tu madre —me dijo ella.

Incliné la cabeza por encima del asiento y me dio un beso en el pelo.

–¿Te dejaron salir pronto del trabajo? —preguntó Roberta.

–Sí, cielo, algo así.

Se sorbió la nariz. Se miró en el retrovisor y se limpió el negro de los ojos.

–¿Qué les parece si vamos por un helado? —dijo.

–¡Sí! ¡Sí! —exclamó mi hermana.

–Tengo entrenamiento —dije yo.

–Oh, ¿por qué no faltas al entrenamiento? ¿Sí?

–¡No! —protesté. No puedes faltar a los entrenamientos; tienes que ir.

–¿Quién lo dice?

–Los entrenadores y todo el mundo.

–¡Yo quiero ir! ¡Quiero un barquillo! —dijo Roberta.

–¿Y un helado rápido? —preguntó mi madre.

–¡He dicho que no! ¿De acuerdo?

Levanté la cabeza y la miré directamente a los ojos. Lo que vi entonces no creo que lo hubiera visto nunca antes. Mi madre parecía perdida.

Después me enteraría de que la habían despedido del hospital. Después me enteraría de que algunos miembros del personal tenían la sensación de que distraía demasiado a los médicos, ahora que estaba soltera. Después me enteraría de que había habido un incidente con un superior y que mi madre se había quejado de una conducta

inapropiada. Su recompensa por defenderse fue la suge-
rencia de que "esto ya no va a funcionar".

¿Y sabes lo más extraño? No sé por qué, pero supe
todo esto en el instante en que la miré a los ojos. Los
detalles no, por supuesto. Pero perdida quiere decir
perdida, y reconocí aquella mirada porque era igual
que la mía. La odié por tenerla. La odié por ser tan débil
como yo.

Salí del coche y dije:

—No quiero ningún helado. Me voy a entrenar.

Mientras cruzaba la calle, mi hermana me gritó desde la ventanilla:

—¿Quieres que te traigamos un barquillo? —y yo pensé: "Qué tonta eres, Roberta, los barquillos se derriten".

Las veces que no apoyé a mi madre

Ha encontrado mis cigarros. Están en el cajón de los calcetines. Tengo catorce años.

–¡Es mi habitación! —grito.

–¡Charley! ¡Ya hemos hablado de esto! ¡Te dije que no fumaras! ¡Es lo peor que puedes hacer! ¿Qué te pasa?

–¡Eres una hipócrita!

Se detiene. Se le tensa el cuello.

–No utilices esa palabra.

–¡Tú fumas! ¡Eres una hipócrita!

–¡No utilices esa palabra!

–¿Por qué no, mamá? Siempre quieres que utilice palabras complicadas en una frase. Esto es una frase. Tú fumas. Yo no puedo hacerlo. ¡Mi madre es una hipócrita!

Me estoy moviendo mientras le grito, y el movimiento parece darme fuerza, seguridad, como si así ella no pudiera pegarme. Esto sucede después de que mi madre haya aceptado un trabajo en el salón de belleza y en lugar de su uniforme blanco de enfermera va a trabajar con ropa de moda, como los pantalones Capri y la blusa color turquesa que lleva ahora. Esa ropa realza su figura. La detesto.

—Me los voy a llevar —grita al tiempo que coge los cigarros. ¡Y hoy no vas a salir, señorito!

—¡No me importa! —la fulmino con la mirada. ¿Y por qué tienes que vestirte así? ¡Me das asco!

—¿Qué has dicho? —la emprende a bofetadas conmigo. ¿QUÉ HAS DICHO? ¿Que te doy —¡paf!— asco? ¿Te doy —¡paf!— asco? —¡paf! ¿Eso es lo que —¡paf!— has dicho? —¡paf, paf!. ¿Es eso? ¿Eso es lo que PIENSAS DE MÍ?

—¡No! ¡No! —grito—. ¡Para!

Me cubro la cabeza y me escabullo. Bajo las escaleras corriendo y salgo a la calle por el garaje. No vuelvo hasta mucho después de anochecer. Cuando finalmente regreso a casa, la puerta de su dormitorio está cerrada y me parece oírla llorar. Me voy a mi habitación. Los cigarros siguen allí. Enciendo uno y yo también empiezo a llorar.

Hijos avergonzados

Rose tenía la cabeza inclinada hacia atrás, apoyada en el fregadero, y mi madre le mojaba el cabello con cuidado con una manguera colocada en el grifo. Por lo visto habían elaborado toda una rutina. Colocaban almohadas y toallas hasta que la cabeza de Rose quedaba apoyada de esa manera y mi madre podía pasar la mano libre por su cabello húmedo.

—¿Está bastante caliente, cielo? —decía mi madre.

—Oooh, sí, querida. Está bien —Rose cerró los ojos. ¿Sabes, Charley? Tu madre me hace de peluquera desde que yo era mucho más joven.

—Eres joven de espíritu, Rose —dijo mi madre.

—Es lo único que tengo joven.

Se rieron.

—Cuando iba a la peluquería siempre preguntaba por Posey. Si Posey no estaba, volvía al día siguiente. "¿No quiere que la peine otra persona?", me preguntaban. Pero yo decía: "A mí sólo me toca Posey".

—Eres muy amable, Rose —dijo mi madre—, pero las otras chicas lo hacían muy bien.

—Oh, calla, querida. Deja que fanfarronee. Tu madre, Charley, siempre tenía tiempo para mí. Y cuando se me hizo demasiado difícil ir al salón de belleza, ella venía a mi casa, cada semana.

Dio unos golpecitos en el antebrazo de mi madre con sus dedos temblorosos.

—Gracias por todo eso, querida.

—De nada, Rose.

—Además, eras una belleza.

Vi que mi madre sonreía. ¿Cómo podía estar tan orgullosa de lavarle el pelo a alguien en un fregadero?

—Deberías ver a la hijita de Charley, Rose —dijo mi madre. Ella sí que es una belleza. Es una pequeña rompecorazones.

—¿Ah sí? ¿Cómo se llama?

—Maria. ¿No es una rompecorazones, Charley?

¿Cómo podía responder a eso? La última vez que nos habíamos visto fue el día en que murió mi madre, hacía ocho años. Maria todavía era una adolescente. ¿Cómo podía explicarle lo que había pasado desde entonces? ¿Que había salido de la vida de mi hija? ¿Que ahora ella tenía otro apellido? ¿Que había caído tan bajo que no me habían dejado ir a la boda? Antes ella me quería, de verdad. Venía corriendo a recibirme cuando llegaba a casa del trabajo, con los brazos levantados y gritando: "Cárgame, papá!".

¿Qué ocurrió?

—Maria se avergüenza de mí —mascullé al fin.

—No seas bobo —dijo mi madre.

Me miró y frotó el champú entre las palmas de las manos. Yo incliné la cabeza. Me moría por echarme un trago. Notaba la mirada de mi madre posada en mí. Oía cómo sus dedos trabajaban el cabello de Rose. De todas las cosas de las que me sentía avergonzado delante de mi madre, la peor era la de ser un padre pésimo.

—¿Sabes una cosa, Rose? —dijo de pronto. Charley nunca dejó que le cortara el pelo. ¿Te lo puedes creer? Se empeñaba en ir al peluquero.

—¿Por qué, querida?

—Bueno, ya sabes. Llegan a una edad en la que todo es "Vete, mamá, vete".

—Los hijos se avergüenzan de sus padres —dijo Rose.

—Los hijos se avergüenzan de sus padres —repitió mi madre.

Era cierto que, cuando era adolescente, rechazaba a mi madre. Me negaba a sentarme a su lado en el cine. Intentaba evitar sus besos. Me sentía incómodo con su figura femenina y me enojaba que fuera la única mujer divorciada de por aquí. Yo quería que se comportara como las otras madres, que llevara ropa de estar por casa, que hiciera álbumes de recortes, que horneara panecillos de chocolate y nueces.

—A veces los hijos dicen cosas muy desagradables, ¿verdad, Rose? Te entran ganas de preguntar: ¿de quién será este niño?

Rose se rio.

—Pero, normalmente, lo que pasa es que están sufriendo por algo. Necesitan resolverlo.

Me lanza una mirada.

—Recuérdalo, Charley. A veces los hijos quieren hacerte el mismo daño que sufren ellos.

"¿Hacerte el mismo daño que sufren ellos?" ¿Era eso lo que yo había hecho? ¿Había querido ver en el rostro de mi madre el rechazo que sentía por parte de mi padre? ¿Acaso mi hija me había hecho lo mismo?

–No lo hice con ninguna intención, mamá —susurré.

–¿El qué?

–Sentirme avergonzado. De ti, de tu ropa o... de tu situación.

Ella se enjuagó el champú de las manos y luego dirigió el chorro de agua a la cabeza de Rose.

–Un niño que se avergüenza de su madre —dijo— no es más que un niño que no ha vivido lo suficiente.

~ En el cuarto de estar había un reloj de cucú que rompió el silencio con leves campanadas y un ruido mecánico de algo que se deslizaba. Mi madre le estaba recortando el pelo a Rose con un peine y unas tijeras.

Sonó el teléfono.

–Charley, querido —dijo Rose—, ¿puedes atenderlo por mí?

Me dirigí a la habitación de al lado, siguiendo el timbre hasta que vi un teléfono colgado en el exterior de la pared de la cocina.

–Bueno? —dije en el auricular.

Y todo cambió.

–¿CHARLES BENETTO?

Era la voz de un hombre que gritaba.

–¡CHARLES BENETTO! ¿PUEDE OIRME, CHARLES?

Me quedé helado.

–¿CHARLES? ¡SÉ QUE PUEDE OIRME! ¡CHARLES! ¡HA HABIDO UN ACCIDENTE! ¡HÁBLENOS!

Con mano temblorosa, volví a colgar el auricular.

Las veces que mi madre me apoyó

Han pasado tres años desde que mi padre se marchó. Me despierto en mitad de la noche al oir a mi hermana que pasa ruidosamente por el pasillo. Siempre va corriendo a la habitación de mi madre. Hundo la cabeza en la almohada y vuelvo a dejarme llevar por el sueño.

—¡Charley! —de pronto mi madre está en la habitación, hablándome con un fuerte susurro. ¡Charley! ¿Dónde tienes el bat de beisbol?

—¿Qué? —gruño yo, que me incorporo y me acodo.

—¡Chsss! —dice mi hermana.

—Un bat —dice mi madre.

—¿Para qué quieres un bat?

—¡Chsss! —dice mi hermana.

—Ha oído algo.

—¿Hay un ladrón en la casa?

—¡Chsss! —dice mi hermana.

Se me acelera el corazón. Somos unos críos y como tales hemos oído hablar de los balconeros (aunque nosotros creemos que roban lo que hay en los balcones) y hemos oído hablar de ladrones que entran en las casas y atan a sus habitantes. De inmediato me imagino algo peor, un intruso cuyo único propósito es matarnos a todos.

—¿Charley? ¿Y el bat?

Señalo el clóset. Mi respiración es agitada. Mi madre encuentra mi bat Louisville Slugger de color negro y mi hermana le suelta la mano y se mete en mi cama de un salto. Yo aprieto las palmas contra el colchón, sin estar seguro de cuál es mi papel.

Mi madre sale poco a poco por la puerta.

—Quédense aquí —susurra. Yo quiero decirle que agarra mal el bat. Pero ya se ha ido.

Mi hermana está temblando a mi lado. Me da vergüenza estar allí metido con ella, de manera que me deslizo fuera de la cama y me dirijo al marco de la puerta a pesar de que ella me tira de los pantalones de la pijama con tanta fuerza que casi se rompen.

En el pasillo oigo todos los crujidos que hace la casa al asentarse y con cada uno de ellos me imagino a un ladrón con un cuchillo. Oigo lo que parecen unos leves golpes sordos. Oigo pasos. Me imagino a un ser bestial grandote y rubicundo subiendo las escaleras, viniendo por mi hermana y por mí. Entonces oigo un sonido real, un estrépito. Luego oigo... ¿voces? ¿Son voces? Sí. No. Espera, ésa es la voz de mi madre, ¿no? Quiero bajar las escaleras corriendo. Quiero volver corriendo a la cama. Me llega otro sonido más profundo..., ¿es otra voz? ¿La voz de un hombre?

Trago saliva.

Al cabo de unos momentos oigo cerrarse una puerta. Un portazo.

Entonces oigo unos pasos que se acercan.

La voz de mi madre la precede.

—No pasa nada, no pasa nada —dice, ya sin susurrar, y entra rápidamente en la habitación, me frota la cabeza al pasar y se acerca a mi hermana. Suelta el bat, que golpea contra el suelo. Mi hermana está llorando. Ya está. No era nada —dice mi madre.

Me dejo caer contra la pared. Mi madre abraza a mi hermana y suelta el aire con la espiración más prolongada que he oído en mi vida.

—¿Quién era? —pregunto.

—Nada, nadie —responde ella. Pero yo sé que miente. Sé quién era.

—Ven aquí, Charley —extiende una mano. Me acerco poco a poco, con los brazos en los costados. Ella me atrae hacia sí, pero yo me resisto. Estoy enojado con ella. Seguiré enojado con ella hasta el día que abandone esta casa para siempre. Sé quién era. Y estoy furioso porque no ha dejado que mi padre se quedara.

—Bueno, Rose —decía mi madre cuando volví a entrar en la habitación—, vas a estar preciosa. Es cuestión de media hora.

—¿Quién llamaba, cariño? —me preguntó Rose.

Meneé la cabeza a duras penas. Me temblaban los dedos.

—¿Charley? ¿Estás bien? —me preguntó mi madre.

—No era... —tragué saliva. No han dicho nada.

—Quizá fuera un vendedor —dijo Rose. Tienen miedo cuando es un hombre quien contesta al teléfono. Les gustan las ancianas como yo.

Me senté. De repente me sentí exhausto, demasiado cansado para mantener la barbilla erguida. ¿Qué acababa de ocurrir? Cuanto más pensaba en ello, más me mareaba.

—¿Estás cansado, Charley? —me preguntó mi madre.

—Tan sólo... dame un segundo.

Se me cerraron los ojos de golpe.

—Duerme —oí que decía una voz, pero estaba tan agotado que no supe cuál de ellas fue.

Las veces que mi madre me apoyó

Tengo quince años y necesito rasurarme por primera vez. Me han salido algunos pelos sueltos en la barbilla y otros que me crecen encima del labio sin orden ni concierto. Una noche, cuando Roberta ya duerme, mi madre me llama desde el cuarto de baño. Ha comprado una maquinilla de afeitar Gillette, de dos hojas de acero, y un tubo de crema para rasurar Burma-Shave.

–¿Sabes cómo se hace?

–Pues claro —respondo. No tengo ni idea de cómo hacerlo.

–Adelante —dice ella.

Aprieto el tubo para sacar la crema. Me la pongo en la cara dando toquecitos.

–Frótatela —me dice.

La froto. Sigo frotando hasta que la crema me cubre las mejillas y la barbilla. Agarro la maquinilla.

–Ten cuidado —me advierte. Muévela en una sola dirección, no arriba y abajo.

–Ya lo sé —le digo, molesto. Me incomoda hacerlo delante de mi madre. Tendría que ser mi padre el que estuviera allí. Ella lo sabe. Yo lo sé. Ninguno de los dos lo dice.

Sigo sus instrucciones. Deslizo la maquinilla en una

dirección, observando cómo se lleva la crema y deja
una ancha línea. Al pasarme la hoja por la barbilla, la
maquinilla se atasca y noto que me he cortado.

—¡Oooh Charley! ¿Estás bien?

Alarga los brazos hacia mí, pero los retira
enseguida, como si supiera que no debe hacerlo.

—Deja de preocuparte —le digo, decidido a seguir
adelante.

Ella me observa. Yo continúo. Bajo por la
mandíbula y el cuello. Cuando terminé, mi madre
apoya una mejilla en la mano y sonríe. Con acento
andaluz, susurra:

—Diantres, que lo has conseguido!

Eso hace que me sienta bien.

—Ahora lávate la cara —añade.

Las veces que no apoyé a mi madre

Es Halloween. Ya tengo dieciséis años y soy demasiado mayor para salir a recorrer las casas. Pero mi hermana quiere que la acompañe después de cenar —está convencida de que los dulces que te dan son mejores cuando es de noche—, de manera que accedo a regañadientes siempre y cuando mi nueva novia, Joanie, pueda venir con nosotros. Joanie es una porrista que cursa el segundo año y yo, en aquellos momentos, soy una estrella del equipo universitario de beisbol.

—Vayamos lejos y así conseguiremos dulces diferentes —sugiere mi hermana.

Fuera hace frío y vamos de casa en casa con las manos hundidas en los bolsillos. Roberta recoge sus dulces en una bolsa de papel. Yo llevo mi chamarra de beisbol. Joanie lleva su suéter de porrista.

—¡Truco o trato! —chilla mi hermana cuando se abre una puerta.

—¡Vaya! ¿Y tú quién eres, querida? —pregunta la mujer. Calculo que debe tener la misma edad que mi madre, más o menos, pero es pelirroja, lleva puesto un vestido de estar por casa y tiene las cejas muy mal dibujadas.

—Soy un pirata —responde Roberta. ¡Grrr...!

La mujer sonríe y echa un chocolate en la bolsa de mi hermana como si estuviera dejando un centavo en el banco. Cae dentro con un ¡plaf!

—Yo soy su hermano —tercio yo.

—Yo... voy con ellos —dice Joanie.

—¿Conozco a sus padres?

Está a punto de dejar caer otro chocolate en la bolsa de mi hermana.

—Mi madre es la señora Benetto —contesta Roberta.

La mujer se detiene. Retira el chocolate.

—Querrás decir la señorita Benetto, ¿no? —dice la mujer.

Ninguno de nosotros sabe qué decir. La expresión de la mujer ha cambiado y las cejas dibujadas descienden, tensas.

—Ahora escúchame, cielo. Dile a tu madre que a mi esposo no le hace ninguna falta ver su pequeño desfile de moda frente a su tienda cada día. Dile que no se haga ilusiones, ¿me has oído? Que no se haga ilusiones.

Joanie me mira. A mí me arde la nuca.

—¿Puedo tomar ése también? —pregunta Roberta con los ojos puestos en el chocolate.

La mujer se arrima más el chocolate al pecho.

—Vamos, Roberta —le digo entre dientes, y me la llevo de un tirón.

—Debe de ser cosa de familia —espeta la mujer. Quieren tenerlo todo. ¡Dile lo que te he dicho! ¡Que no se haga ilusiones! ¿Me has oído?

Nosotros ya hemos cruzado medio jardín.

Rose dice adiós

Al salir de casa de Rose el sol brillaba más que antes. Rose nos acompañó hasta el porche y se quedó allí, con el marco de aluminio de la puerta apoyado contra la andadera.

—Bueno, hasta la vista, Rose, cariño —dijo mi madre.

—Gracias, querida —respondió ella. Te veré pronto.

—Claro que sí.

Mi madre le dio un beso en la mejilla. Tuve que admitir que había hecho un buen trabajo. Con el cabello peinado y moldeado, Rose parecía mucho más joven que cuando habíamos llegado.

—Estás muy guapa —le dije.

—Gracias, Charley. Es una celebración.

Cambió la forma en que agarraba las asas de la andadera.

—¿Y qué celebras?

—Que voy a ver a mi marido.

No quise preguntarle adónde, ya sabes, por si acaso el hombre estaba en una residencia o en el hospital, de modo que le solté:

—¿Ah, sí? Estupendo.

—Sí —repuso ella en voz baja.

Mi madre tiró de un hilo suelto que tenía en el abrigo. Luego me miró y sonrió. Rose retrocedió y dejó que se cerrara la puerta.

Mi madre me agarró del brazo y bajamos con cuidado. Al llegar a la acera señaló hacia la izquierda y nos dimos la vuelta. El sol casi estaba justo encima de nosotros.

–¿Qué te parece si vamos a comer algo, Charley? —me preguntó.

Estuve a punto de echarme a reir.

–¿Qué pasa? —dijo mi madre.

–Nada. En serio. Vamos a comer —tenía el mismo sentido que cualquier otra cosa.

–¿Ya te encuentras mejor... después de haberte echado un sueñecito?

Me encogí de hombros.

–Supongo que sí.

Ella me dio unas palmaditas afectuosas en la mano.

–Se está muriendo, ¿sabes?

–¿Quién? ¿Rose?

–Ajá.

–No lo entiendo. Parecía estar bien.

Mi madre miró hacia el sol entrecerrando los ojos.

–Va a morir esta noche.

–¿Esta noche?

–Sí.

–Por eso dijo que iba a ver a su marido.

–Así es.

Detuve mis pasos.

–Mamá —dije—, ¿cómo lo sabes?

Mi madre sonrió.

–La estoy ayudando a prepararse.

III
Mediodía

Chick en la facultad

Yo diría que el día que fui a la universidad fue uno de los más felices de la vida de mi madre. Al menos empezó siéndolo. La universidad se había ofrecido a pagar la mitad de mi matrícula con una beca de beisbol, aunque cuando mi madre se lo contó a sus amigas sólo dijo "beca", y su amor por aquella palabra eclipsaba cualquier posibilidad de que me hubieran admitido para darle a la pelota y no a los libros.

Recuerdo la mañana en que nos dirigimos en coche hacia mi primer año de estudiante universitario. Mi madre se había levantado antes de amanecer y cuando bajé a trompicones por la escalera me estaba esperando un desayuno completo: pan, bacon, huevos... Ni seis personas podrían haberse terminado tanta comida. Roberta quería venir con nosotros, pero yo dije que de ninguna manera —me refería a que ya era bastante malo tener que ir con mi madre—, de manera que se consoló con un plato de pan francés cubierto de caramelo. Dejamos a mi hermana en casa de una vecina e iniciamos nuestra excursión de cuatro horas.

Como para mi madre aquélla era una gran ocasión, llevaba uno de sus "conjuntos": un traje pantalón de color púrpura, un pañuelo en el cuello, tacones altos y lentes de sol, y se empeñó en que yo me pusiera una camisa blanca y una corbata.

—Vas a empezar la universidad, no te vas de pesca —dijo. Si los dos juntos ya hubiéramos llamado la atención de mala manera en Pepperville Beach, imagínate en la universidad. Recuerda que era a mediados de los años sesenta y allí, cuanto menos correctamente fueras vestido, más correctamente ibas vestido. Así, pues, cuando por fin llegamos al campus y salimos de nuestra camioneta Chevy, nos vimos rodeados de muchachas con sandalias y faldas de campesina y muchachos con camisetas sin mangas y pantalones cortos, con unas cabelleras que les llegaban por debajo de las orejas. Y allí estábamos nosotros, una corbata y un traje pantalón color púrpura y, una vez más, sentí que mi madre me alumbraba con una luz ridícula.

Quería saber dónde estaba la biblioteca y encontró a alguien que nos lo indicó.

—Mira todos esos libros, Charley —se maravilló mientras caminábamos por la planta baja. Podrías estar aquí cuatro años y no conseguirías leer ni una parte.

Allí adonde iba no dejaba de señalarlo todo. "¡Mira ese cubículo...!, podrías estudiar allí"; y: "¡Mira esa mesa de la cafetería!, podrías comer allí". Lo toleré porque sabía que no tardaría en marcharse. Pero mientras caminábamos por el césped, me fijé en una muchacha muy guapa —mascando chicle, lápiz de labios blanco, el flequillo sobre la frente— y ella también se fijó en mí; flexioné los músculos del brazo y pensé: ¿Quién sabe? Quizá sea mi primera novia universitaria. Y en aquel preciso momento mi madre dijo: ¿Trajimos tu neceser?

¿Cómo respondes a eso? ¿Con un sí? ¿Con un no? Con un "¡Por Dios, mamá!". No hay respuesta adecuada. La joven pasa por nuestro lado y suelta una especie de carcajada, o tal vez me lo imaginara. En cualquier caso, nosotros no existíamos en su universo. Vi que se acercaba pavoneándose a dos tipos barbudos que estaban despatarrados debajo de un árbol. Le dio un beso en los labios a uno de ellos y se dejó caer a su lado, y yo allí con mi madre que me preguntaba por el neceser.

Al cabo de una hora llevé el baúl a la escalera que conducía a mi dormitorio. Mi madre llevaba mis dos bats de beisbol "de la suerte" con los que había conseguido el mayor número de jonrones en la liga del condado de Pepperville.

–Dame —le dije, con la mano extendida. Yo llevo los bats.

–Subiré contigo.

–No, no hace falta.

–Pero es que quiero ver tu habitación.

–Mamá.

–¿Qué?

–Vamos.

–¿Qué?

–Ya lo sabes. Vamos.

No se me ocurrió otra cosa que no hiriera sus sentimientos, por lo que me limité a extender la mano aún más. Su expresión se apagó. En aquel entonces yo le sacaba quince centímetros a mi madre. Ella me dio los bats. Los puse encima del baúl de manera que no se cayeran.

–Charley —me dijo. Habló con una voz más baja que sonó distinta. Dale un beso a tu madre.

Dejé el baúl en el suelo con un leve golpe sordo. Me incliné hacia ella. En aquel preciso momento dos estudiantes mayores bajaron dando saltos por la escalera, ruidosamente, riendo y vociferando. Me aparté de mi madre bruscamente, de forma instintiva.

–Disculpen —dijo uno de ellos mientras nos rodeaban para pasar.

En cuanto se hubieron ido me incliné hacia adelante con la única intención de darle un beso en la mejilla, pero ella me rodeó el cuello con los brazos y me atrajo hacia sí. Olí su perfume, la laca del pelo, la crema hidratante, todo el surtido de pociones y lociones con las que se había rociado para aquel día especial.

Me alejé, levanté el baúl y empecé a subir, dejando a mi madre en la escalera de un dormitorio, lo más cerca que llegaría a estar nunca de una educación universitaria.

En mitad del día

–¿Cómo está Catherine?

Volvíamos a estar en su cocina, comiendo, tal como ella había sugerido. Desde que estaba solo, casi siempre comía en taburetes de bar o en restaurantes de comida rápida. Pero mi madre siempre había evitado comer fuera de casa. "¿Por qué vamos a pagar para comer mal?", decía. Después de marcharse mi padre, aquel argumento se volvió discutible. Comíamos en casa porque ya no podíamos permitirnos el lujo de comer fuera.

–¿Charley? ¿Cielo? ¿Cómo está Catherine? —repitió.

–Está bien —mentí, pues no tenía ni idea de cómo estaba Catherine.

–¿Y esto de que Maria se avergüenza de ti? ¿Qué dice Catherine a eso?

Trajo un plato con un bocadillo: pan integral de centeno, ternera asada, jitomate y mostaza. Lo cortó en diagonal. Ya no me acuerdo de la última vez que vi un bocadillo cortado en diagonal.

–Mamá —le dije—, para serte sincero... Catherine y yo nos separamos.

Ella acabó de cortar el bocadillo. Parecía estar pensando en algo.

–¿Has oído lo que te he dicho?

–Ajá —contestó en voz baja, sin levantar la mirada. Sí, Charley, te he oído.

–No fue por su culpa. Fui yo. De un tiempo a esta parte no me he portado muy bien, ¿sabes? Por eso...

¿Qué iba a decir? ¿Por eso intenté suicidarme?

Ella empujó el plato y me lo puso delante.

–Mamá... —se me quebró la voz—, te enterramos. Llevas muerta mucho tiempo.

Me quedé mirando fijamente el bocadillo, dos triángulos de pan.

–Ahora todo es distinto —susurré.

Ella alargó la mano y me la puso sobre la mejilla. Hizo una mueca, como si el dolor recorriera su cuerpo.

–Las cosas pueden arreglarse —me dijo.

8 de septiembre de 1967

Charley:

¡Qué te parece mi mecanografía! He
estado practicando en el trabajo con la
máquina de escribir de Henrietta. ¡Es muy
elegante!

Sé que no vas a leer esto hasta que me
haya marchado. Pero por si acaso se me
olvidaba porque estuviera demasiado emo-
cionada por la idea de que estés en la
universidad, quería decirte una cosa.
Estoy muy orgullosa de ti, Charley. ¡Eres
el primer miembro de la familia que va a
la universidad!

Sé amable con la gente, Charley. Sé
amable con tus profesores. Llámalos siempre "señor" y "señora", aunque oigas que
tus compañeros los llaman por sus nombres
de pila. No me parece bien. Y sé amable
con las chicas con las que salgas. Sé que
no quieres que te dé consejos sobre el
amor, pero el hecho de que
las chicas te encuentren

atractivo no te da derecho a tratarlas
mal. Sé amable.

Y duerme bien. Josie, una clienta del
salón de belleza, dice que su hijo se queda dormido continuamente en sus clases. No
insultes a tus profesores de ese modo,
Charley. No te quedes dormido. Tienes
mucha suerte de que te enseñen y de poder
aprender y no tener que estar trabajando
en una tienda en alguna parte.

Te quiero todos los días.

Y ahora te echaré de menos todos los días.

Te quiere,

Mamá.

Cuando los fantasmas regresan

Solía soñar que encontraba a mi padre. Soñaba que se mudaba a la ciudad vecina y que un día yo iba en bicicleta hasta su casa, llamaba a su puerta y él me decía que todo era un gran error. Y volvíamos a casa los dos juntos, yo delante y mi padre pedaleando con fuerza detrás, y mi madre salía corriendo por la puerta y rompía a llorar de felicidad.

Resulta asombroso las fantasías que puede formar tu mente. Lo cierto era que no sabía dónde vivía mi padre y que nunca lo averigüé. Pasaba por delante de su licorería al salir de clase, pero él nunca estaba allí. Ahora la llevaba su amigo Marty, quien me dijo que mi padre siempre estaba en el nuevo local de Collingswood. Estaba tan sólo a una hora en coche de distancia, pero para un niño de mi edad era como si estuviera en la Luna. Al cabo de un tiempo dejé de pasar por su tienda. Dejé de soñar que volvíamos juntos a casa en bicicleta. Terminé la escuela primaria, los primeros años de secundaria y la preparatoria sin tener contacto con mi padre.

Era un fantasma.

Pero yo lo seguía viendo.

Lo veía siempre que bateaba o lanzaba la pelota, y por eso nunca dejé el beisbol, por eso jugaba todas las primaveras y todos los veranos en todos los equipos y ligas posibles. Me imaginaba a mi padre en el plato, inclinándome el codo, corrigiendo mi estilo de bateo. Lo oía gritar: "¡Vamos, vamos, vamos!", cuando daba un batazo por el suelo.

Yo veía a mi padre en un campo de beisbol. En mi imaginación, tan sólo era cuestión de tiempo que apareciera de verdad.

Así, pues, año tras año, me ponía el uniforme de los equipos nuevos —calcetas rojas, pantalones grises, suéteres azules, gorras amarillas— y con cada uno tenía la sensación de estarme vistiendo para ir de visita. Dividí mi adolescencia entre el olor pastoso de los libros, que era la pasión de mi madre, y el olor a cuero de los guantes de beisbol, que era la de mi padre. Mi cuerpo se desarrolló hasta que acabé teniendo la misma complexión que mi padre, si bien era cinco centímetros más alto que él.

Y mientras crecía me aferré al juego como a una balsa en el mar agitado, fielmente, capoteando el temporal.

Hasta que al fin me llevó de nuevo hasta mi padre.

Tal como yo siempre supe que ocurriría.

Tras ocho años de ausencia, mi padre reapareció en mi primer partido de la universidad en la primavera de 1968, sentado en la primera fila de asientos justo a la izquierda del plato, desde donde podía estudiar mejor mi estado físico.

Nunca olvidaré aquel día. Era una tarde ventosa, el cielo tenía un color plomizo y amenazaba lluvia. Me dirigí al plato. Normalmente no miro a los asientos, pero aquel día lo hice, no sé por qué. Y allí estaba él. Las patillas habían empezado a encanecérsele y parecía tener los hombros más pequeños y la cintura un poco más ancha, como si se hubiese hundido en sí mismo, pero por lo demás tenía el mismo aspecto de siempre. Si estaba incómodo no lo demostraba. De todas formas, no estoy seguro de que hubiera reconocido la incomodidad en la expresión de mi padre.

Me saludó con un gesto de la cabeza. Todo pareció congelarse. Ocho años. Ocho años enteros. Noté que me temblaba el labio superior. Recuerdo que una voz en mi cabeza me decía: "Ni se te ocurra, Chick. No llores, cabrón, no llores".

Me miré los pies. Me obligué a moverlos. Seguí mirándolos durante todo el camino hasta la caja de bateo.

Y en el primer lanzamiento arrojé la pelota al otro lado de la valla del jardín izquierdo.

La señorita Thelma

Mi madre dijo que la siguiente cita la tenía con una persona que residía en una zona de la ciudad que nosotros llamábamos los Llanos. La mayoría de sus habitantes era gente pobre que vivía en hileras de casas adosadas. Estaba seguro de que tendríamos que ir allí en coche, pero antes de que pudiera preguntarlo, sonó el timbre de la puerta.

–Abre tú, Charley, ¿quieres? —dijo mi madre mientras ponía un plato en el fregadero.

Vacilé. No quería contestar a ningún timbre ni levantar ningún auricular. Cuando mi madre volvió a gritar "¿Charley? ¿Puedes abrir tú?", me levanté y me encaminé lentamente hacia la puerta.

Me dije que todo iba bien. Sin embargo, en el instante en que puse la mano en la manija, noté un súbito fogonazo que me cegó, un baño de luz, y la voz de un hombre, la voz del teléfono de Rose. Estaba gritando:

–¡CHARLES BENETTO! ¡ESCUCHE! ¡SOY AGENTE DE POLICÍA!

Parecía un vendaval. La voz era tan cercana que podía tocarla físicamente.

–¿PUEDE OÍRME, CHARLES? ¡SOY AGENTE DE POLICÍA!

Retrocedí tambaleándome y me tapé el rostro con las manos. La luz desapareció. El viento amainó. Sólo oía mi propia respiración fatigosa. Busqué rápidamente a mi madre con la mirada, pero ella todavía estaba en el fregadero; fuera lo que fuera aquello por lo que estaba pasando, ocurría en mi cabeza.

Esperé unos segundos, inspiré largamente tres veces e hice girar la manija con cuidado, con la cabeza gacha, esperando encontrarme al agente de policía que me había estado gritando. Me lo imaginé joven, no sé por qué.

Al levantar la vista, sin embargo, vi a una anciana de color con unos lentes sujetos a una cadena que llevaba alrededor del cuello, el cabello despeinado y un cigarro encendido.

–¿Eres tú, Chiquiriquí? —dijo. ¡Vaya! ¡Mira cómo has crecido!

~ La llamábamos señorita Thelma. Antes nos hacía la limpieza en casa. Era una mujer delgada, de hombros estrechos, con una sonrisa amplia y un genio vivo. Llevaba el cabello teñido de un naranja rojizo y fumaba sin parar del paquete de Lucky Strike que llevaba en el bolsillo de su camisa, igual que un hombre. Nacida y criada en Alabama, de algún modo acabó en Pepperville Beach, donde, a finales de la década de 1950, casi todas las casas de nuestra parte de la ciudad tenían a una empleada como ella. "Empleadas domésticas", las llamaban. O, cuando la gente era sincera, "criadas". Mi padre iba a recogerla los sábados por la mañana a la estación de autobuses que había cerca de la cafetería Horn & Hardart y le pagaba antes de que terminara el trabajo en casa, entregándole los billetes doblados con disimulo, con la mano a la altura de su cintura, como si nadie más tuviera que ver el dinero. Ella limpiaba todo el día mientras nosotros nos íbamos a jugar beisbol. Al regresar, mi habitación estaba impecable, tanto si me gustaba como si no.

Recuerdo que mi madre insistía en que la llamáramos "señorita Thelma", y recuerdo que no se nos permitía entrar en ninguna habitación en la que hubiera acabado de pasar la aspiradora. Recuerdo que a veces jugaba conmigo a lanzar la pelota en el patio trasero y podía lanzar tan fuerte como yo.

Además, fue ella la que se inventó mi mote sin darse cuenta. Mi padre había probado a llamarme "Chuck" (mi madre lo aborrecía, decía: "¿Chuck? ¡Parece el nombre de un campesino!"), pero como yo siempre entraba a casa por el jardín gritando "¡Mamáááá!" o "¡Robertaaaa!", un día la señorita Thelma levantó la mirada, molesta, y dijo: "Chico, por la manera en que gritas pareces un gallo. ¡Quiquiriquí!". Y mi hermana, que para entonces iba al jardín de infancia, exclamó: "¡Chiquiriquí, chiquiriquí!"; y mira, se me quedó de nombre eso de "Chick", no sé por qué. Creo que por eso mi padre no le tenía demasiado cariño a la señorita Thelma.

—Posey —le dijo entonces a mi madre, con una ancha sonrisa—, he estado pensando en ti.

—Vaya, gracias —repuso mi madre.

—Te lo aseguro.

Se volvió hacia mí.

—Ahora ya no te puedo lanzar pelotas, Chiquiriquí —se rio. Soy demasiado vieja.

Estábamos en su coche y supuse que era así como íbamos a dirigirnos a los Llanos. Se me hacía raro que mi madre le hiciera de peluquera a Thelma, pero lo cierto es que sabía muy poco de la última década de vida de mi madre. No pensaba en otra cosa que no fuera mi propio drama.

Por primera vez vi a otras personas por la ventanilla durante el viaje. Había un anciano de barba gris que tenía mala cara y llevaba un rastrillo al garaje. Mi madre lo saludó con la mano y él le devolvió el saludo. Había una mujer sentada en el porche con un vestido de andar por casa y el cabello del mismo color que el helado de vainilla francesa. Otro saludo por parte de mi madre. Otra respuesta.

Seguimos conduciendo durante un rato, hasta que las calles se volvieron más pequeñas y toscas. Torcimos por un camino de grava y llegamos a una casa con dos viviendas, un porche cubierto flanqueado por las puertas del sótano que necesitaban urgentemente una mano de pintura. Había varios automóviles estacionados en el camino de entrada y una bicicleta tumbada de lado en el jardín. La señorita Thelma estacionó el coche y apagó el motor.

Y así, sin más, estábamos dentro de la casa. El dormitorio tenía las paredes revestidas con tapiz y una alfombra de color verde oliva. La cama era vieja, de ésas de cuatro postes. Y de pronto la señorita Thelma estaba tumbada en ella, recostada en dos almohadas.

—¿Qué ha pasado? —le pregunté a mi madre.

Ella meneó la cabeza como para decir "Ahora no", y empezó a sacar sus cosas de la bolsa. Oí chillar a unos niños en otra habitación y los sonidos amortiguados de un televisor y de unos platos que movían en una mesa.

–Todos piensan que estoy durmiendo —susurró la señorita Thelma. Miró a mi madre a los ojos.

–Posey, ahora mismo te lo agradecería mucho. ¿Podrías?

–Por supuesto —respondió mi madre.

Las veces que no apoyé a mi madre

No le cuento que he visto a mi padre. Él vuelve a aparecer en mi próximo partido, y vuelve a asentir con la cabeza cuando llego al plato. En esta ocasión le devuelvo el gesto, un mínimo movimiento, pero lo hago. Y consigo un promedio de tres sobre tres en ese partido, con otro jonrón y dos dobles.

Seguimos así varias semanas. Él se sienta. Observa. Y yo golpeo la pelota como si ésta tuviera sesenta centímetros de ancho. Finalmente, después de un partido fuera de casa en el que logré otros dos jonrones, me lo encuentro esperándome junto al autobús del equipo. Lleva una chamarra de color azul sobre un suéter blanco de cuello alto. Me fijo en las canas de sus patillas. Él alza el mentón al verme, como si luchara contra el hecho de que ahora soy más alto que él. Éstas son las primeras palabras que me dice:

—Pregúntale a tu entrenador si puedo llevarte en coche hasta el campus.

En este momento podría hacer cualquier cosa. Podría escupir. Podría decirle que se fuera al infierno. Podría no hacerle ni caso, ignorarlo como él hacía con nosotros.

Podría decir algo sobre mi madre.

En cambio, hago lo que me pide. Pido permiso para no irme en el viaje de vuelta en autobús. Él respeta la autoridad de mi entrenador, yo respeto la autoridad de mi padre, y así es como todo tiene sentido, cuando todos nos comportamos como hombres.

—No sé, Posey —dijo la señorita Thelma—, va a hacer falta un milagro.

Se estaba mirando en un espejo de mano. Mi madre sacaba tarritos y estuches.

—Bueno, ésta es mi bolsa de los milagros —repuso mi madre.

—¿Ah, sí? ¿Llevas una cura para el cáncer ahí dentro?

Mi madre sostiene en alto una botella.

—Tengo crema hidratante.

Thelma se rio.

—¿Crees que es una tontería, Posey?

—¿El qué, cielo?

—¿Querer tener buen aspecto... a estas alturas?

—No tiene nada de malo, si te refieres a eso.

—Bueno, verás, es que mis niños y mis niñas están ahí afuera, eso es todo. Y sus pequeños. Y ojalá pudiera tener un aspecto saludable para ellos, ¿sabes? No me gustaría que me vieran como un trapo viejo y se asustaran.

Mi madre le pone crema hidratante en el rostro a la señorita Thelma y se la aplica mediante amplios movimientos circulares con las palmas de las manos.

–Tú nunca parecerías un trapo viejo —dijo.

–¡Oh, qué me vas a decir a mí, Posey!

Volvieron a reírse.

–A veces echo de menos aquellos sábados —dijo la señorita Thelma. Nos la pasábamos muy bien, ¿verdad?

–Sí que lo hacíamos —respondió mi madre.

–Sí que lo hacíamos —coincidió la señorita Thelma.

Cerró los ojos mientras las manos de mi madre hacían su trabajo.

–Chiquiriquí, tu madre es la mejor compañera que he tenido nunca.

Yo no estaba muy seguro de qué quería decir con eso.

–¿Trabajaba en el salón de belleza? —pregunté.

Mi madre sonrió.

–No —dijo la señorita Thelma—, yo no podría darle mejor aspecto a nadie ni aunque lo intentara.

Mi madre tapó la botella de crema hidratante y agarró otro frasco. Lo destapó y puso unas gotas del contenido en una pequeña esponja.

–¿Entonces? —dije—, no lo entiendo.

Mi madre sostuvo la esponja como una artista a punto de dar una pincelada en el lienzo.

–Limpiábamos casas juntas, Charley —contestó.

Al ver la expresión de mi cara, agitó los dedos como para quitarle importancia al asunto.

–¿Cómo crees que pude pagarles la universidad?

~~~~~ En mi segundo curso en la universidad había acumulado más de cuatro kilos de músculo, lo cual se reflejaba en mis bateos. Mi promedio de bateo entre los jugadores universitarios se contaba entre los cincuenta mejores de la nación. Ante la insistencia de mi padre, jugué en varios torneos que eran un escaparate para los cazatalentos profesionales, hombres mayores que tomaban asiento en la tribuna con cuadernos de notas y puros. Uno de ellos nos abordó un día después de un partido.

–¿Éste es su hijo? —le preguntó a mi padre.

Mi padre asintió moviendo la cabeza, con desconfianza. El hombre estaba empezando a perder pelo, tenía una nariz protuberante y se le veía la camiseta por debajo del suéter liviano que llevaba.

–Soy de la organización de los Cardenales de Saint Louis.

–¿Ah, sí? —dijo mi padre.

Yo casi me muero del susto.

–Puede que tengamos un puesto de receptor, primer catcher.

–¿Ah, sí? —repitió mi padre.

–Tendremos en cuenta a su hijo, si es que está interesado.

El hombre se sorbió profundamente la nariz, con un ruido húmedo. Sacó un pañuelo y se sonó.

–La cuestión es —repuso mi padre— que los de Pittsburgh tienen ventaja. Llevan un tiempo observándolo.

El hombre estudió la mandíbula de mi padre, que se movía con el chicle que estaba masticando.

–¿Ah, sí? —dijo el hombre.

Para mí aquello era una novedad, por supuesto, y cuando el hombre se marchó acosé a mi padre con preguntas. ¿Cuándo ocurrió? ¿Ese tipo iba en serio? ¿Era cierto que los de Pittsburgh me estaban observando?

–¿Y qué pasa si lo están haciendo? —dijo él. Eso no cambia lo que tienes que hacer, Chick. Tú quédate en esas jaulas de bateo, trabaja con tus entrenadores y estáte listo cuando llegue el momento. Deja que yo me encargue del resto.

Yo asentí obedientemente. Las ideas se me agolpaban en la cabeza.

–¿Y qué pasa con las clases?

Él se rascó la barbilla.

–¿Qué pasa con ellas?

Me sobrevino una imagen de mi madre, acompañándome por la biblioteca. Intenté no pensar en ello.

–Los *Cardenaaaales* de Saint Louis —dijo mi padre arrastrando las sílabas, alargándolas lentamente. Golpeó con el zapato contra la hierba. Lo cierto es que después sonrió. Me sentí tan orgulloso que se me puso la carne de gallina. Me preguntó si quería una cerveza, le dije que sí y nos fuimos a tomar una juntos, tal como hacen los hombres.

—Papá vino a un partido.

Estaba hablando por el teléfono público de la residencia de estudiantes. Ya había pasado bastante tiempo desde la primera visita de mi padre, el tiempo que había tardado yo en reunir el valor suficiente para contárselo a ella.

—Ah —dijo al fin mi madre.

—Él solo —me apresuré a añadir. Me pareció importante, no sé por qué.

—¿Se lo has dicho a tu hermana?

—No.

Otro largo silencio.

—No dejes que eso te afecte en tus estudios, Charley.

—No lo haré.

—Eso es lo más importante.

—Ya lo sé.

—La educación lo es todo, Charley. La única forma de hacer algo con tu vida es con la educación.

Me quedé esperando algo más. Me quedé esperando una historia horrible sobre alguna cosa horrible. Me quedé esperando, como esperan todos los hijos de divorciados, una prueba que decantara mi balanza, una inclinación en el suelo que me hiciera elegir un lado antes que el otro. Pero mi madre nunca hablaba de los motivos por los que mi padre se marchó. Nunca jamás mordió el anzuelo con el que Roberta y yo la tentábamos, buscando odio o amargura. Lo único que ella hacía era tragar. Se tragaba las palabras, se tragaba la conversación. Se tragó también lo que había ocurrido entre ellos, fuera lo que fuera.

–¿Te parece bien que yo y papá nos veamos?

–Papá y yo —me corrigió.

–Papá y yo —dije exasperado. ¿Te parece?

Ella soltó aire.

–Ya no eres un niño pequeño, Charley.

¿Por qué me sentía como si lo fuera?

⁓ Mirándolo ahora, en retrospectiva, me doy cuenta de que hay muchas cosas que no sabía. No sabía cómo se tomó mi madre aquella noticia en realidad. No sabía si la había enojado o la había asustado. Lo que por supuesto no sabía era que, mientras yo bebía cerveza con mi padre, en casa las facturas se pagaban, en parte, gracias al trabajo de mi madre limpiando casas con una mujer que antes había limpiado la nuestra.

Las miré a las dos en aquel dormitorio, a la señorita Thelma incorporada sobre las almohadas y a mi madre manejando sus esponjas de maquillaje y sus delineadores de ojos.

–¿Por qué no me lo contaste? —le pregunté.

–¿Contarte qué? —dijo mi madre.

–Lo que tuviste que hacer, ya sabes, por dinero...

–¿Fregar suelos? ¿Lavar la ropa? —mi madre se rio. No lo sé. Quizá por el modo en que me estás mirando ahora mismo.

Mi madre suspiró.

–Siempre fuiste orgulloso, Charley.

–¡No es verdad! —le espeté.

Ella enarcó las cejas y luego volvió a centrar la atención en el rostro de la señorita Thelma. Entre dientes, murmuró:

—Si tú lo dices.

—¡No hagas eso!

—¿Qué?

—Decir "si tú lo dices". Eso.

—Yo no he dicho nada, Charley.

—¡Sí lo has dicho!

—No grites.

—¡No era orgulloso! Sólo porque...

Se me quebró la voz. ¿Qué estaba haciendo? ¿Medio día con mi madre muerta y ya volvíamos a discutir?

—No es ninguna vergüenza necesitar trabajo, Chiquiriquí —terció la señorita Thelma. Yo no sabía de ningún otro trabajo aparte del que yo hacía. Y tu madre dijo: "Bueno, ¿y qué?". Yo dije: "Posey, ¿quieres ser una simple mujer de la limpieza?". Y ella dijo: "Thelma, si tú no estás por encima de limpiar una casa, ¿por qué diablos debería estarlo yo?". ¿Te acuerdas, Posey?

Mi madre inspiró.

—Yo no dije "diablos".

La señorita Thelma estalló de risa.

—No, no, tienes razón, no lo dijiste. Estoy segura de ello. No dijiste "diablos".

Entonces se rieron las dos. Mi madre intentaba trabajar debajo de los ojos de la señorita Thelma.

—Estáte quieta —dijo, pero no paraban de reir.

—Creo que mamá tendría que volver a casarse —dijo Roberta.

Fue una vez que llamé a casa desde la universidad.

–¿Qué estás diciendo?

–Todavía es guapa. Pero nadie es guapo para siempre. Ya no está tan delgada como antes.

–Ella no quiere casarse.

–¿Cómo lo sabes?

–No le hace falta volver a casarse, Roberta, ¿de acuerdo?

–Si no encuentra pronto a alguien, nadie va a quererla.

–Déjalo ya.

–Ahora lleva faja, Charley. Lo he visto.

–¡No me importa, Roberta! ¡Por Dios!

–¿Te crees que eres un tipo muy legal porque vas a la universidad?

–¡Basta ya!

–¿Has oído esa canción, "Yummy, Yummy, Yummy"? Me parece una estupidez. ¿Cómo es que no dejan de ponerla?

–¿Te ha hablado de casarse?

–Es posible.

–Roberta, no estoy bromeando. ¿Qué te ha dicho?

–Nada, ¿está bien? Pero quién sabe dónde carajos está papá. Y mamá no tendría que estar siempre sola.

–No digas palabrotas —le dije.

–Puedo decir lo que me dé la gana, Charley. No eres mi jefe.

Tenía quince años. Yo veinte. Ella no sabía nada sobre mi padre. Yo lo había visto y había hablado con él. Ella quería que mi madre fuera feliz. Yo quería que siguiera igual que siempre. Habían pasado nueve años desde aquel sábado en que mi madre aplastó las palomitas de maíz con la palma de la mano. Hacía nueve años que ya no formábamos una familia.

Yo asistía a un curso de latín en la universidad y un día surgió la palabra "divorcio". Siempre me había imaginado que provenía de alguna raíz que significaba "dividir". En realidad proviene de "divertere", que significa "desviar".

Lo creo. Lo único que hace un divorcio es desviarte, alejarte de todo lo que creías conocer y de todo lo que creías querer y conducirte hacia toda clase de cosas distintas, como discusiones sobre la faja de tu madre y sobre si debería casarse con otra persona.

Chick toma su decisión

De mi época en la universidad hay dos días que compartiré ahora contigo porque supusieron el mejor y el peor momento de aquella experiencia. El mejor momento fue en mi segundo año, durante el semestre de otoño. Todavía no había empezado el beisbol y lo cierto es que tenía tiempo para andar por el campus. Un jueves por la noche, después de los exámenes parciales, una de las hermandades dio una gran fiesta. Estaba oscuro y había mucha gente. La música a todo volumen. Las luces negras hacían que los pósters de la pared —y todos los asistentes a la fiesta— parecieran fosforescentes. Nos reíamos escandalosamente y brindábamos unos con otros con vasos de plástico llenos de cerveza.

En un momento dado, un chico con el cabello largo y greñudo se subió de un salto a una silla, empezó a mover los labios siguiendo la música y a tocar la guitarra en el aire —era una canción de Jefferson Airplane— y aquello no tardó en convertirse en una competencia. Empezamos a rebuscar en los huacales llenos de discos en busca de una canción "para actuar".

No sé de quién eran esos discos, la cuestión es que vi uno increíble y les grité a mis amigos: "¡Eh! ¡Un momento! ¡Miren esto!" Era el disco de Bobby Darin que mi madre solía poner cuando éramos pequeños. El cantante aparecía en la cubierta con un esmoquin blanco y el cabello corto y arreglado, lamentable de verdad.

–¡Éste lo conozco! —dije. ¡Me sé todas las letras!

–Pues sal a cantar —dijo uno de mis amigos.

–¡Ponlo! —dijo otro. ¡Mira qué pinta de idiota!

Nos apropiamos del tocadiscos, alineamos la aguja con el surco de "Esto podría ser el comienzo de algo grande" y cuando la música empezó a sonar todo el mundo se quedó helado, porque estaba claro que eso no era rock and roll. De repente estaba ahí delante con mis dos amigos. Ellos se miraron, avergonzados, me señalaron y movieron las caderas. Pero yo me sentía desatado y pensé, ¿qué más da? De modo que cuando las trompetas y los clarinetes resonaron por los altavoces, musité las palabras que me sabía de memoria:

Caminas por la calle, o estás en una fiesta,
o acaso estás solo y de pronto lo entiendes,
miras a los ojos de otra persona y de pronto te das
*   cuenta*
de que esto podría ser el comienzo de algo grande.

Yo chasqueaba los dedos igual que los cantantes melódicos del programa de Steve Allen y de pronto todo el mundo empezó a reir y a gritar: "¡Sí! ¡Sigue!". Cada vez era más ridículo. Supongo que nadie podía creer que me supiera todas las letras de un disco tan malo.

De todas maneras, al terminar recibí una gran ovación, mis amigos me agarraron por la cintura y nos empujamos unos a otros, riéndonos y llamándonos de todo.

Aquella noche conocí a Catherine. Esto es lo que hace que sea el mejor momento. Ella había visto mi "actuación" con unas cuantas de sus amigas. Yo me estremecí al verla..., aunque en aquel momento estuviera agitando los brazos y moviendo los labios fingiendo que cantaba. Ella llevaba puesta una blusa de algodón sin mangas de color rosa, unos pantalones de mezclilla de tiro corto y un brillo de labios de color fresa, y chasqueaba los dedos alegremente mientras yo cantaba a Bobby Darin. Todavía hoy no sé si me hubiera mirado dos veces de no haber hecho yo el más absoluto ridículo.

—¿Dónde aprendiste esa canción? —dijo acercándose mientras yo sacaba una cerveza del barril.

—Ah..., mi madre —respondí.

Me sentí como un idiota. ¿Quién empieza una conversación diciendo "mi madre"? Pero a ella pareció gustarle la idea y, bueno, nos fuimos de allí.

Al día siguiente me dieron las notas y eran buenas, dos "excelente" y dos "muy bien". Llamé a mi madre al salón de belleza y contestó el teléfono. Le dije los resultados y le conté lo de Catherine y la canción de Bobby Darin y ella pareció alegrarse muchísimo de que la hubiese llamado en mitad del día. Por encima del ruido de los secadores, gritó:

—¡Estoy muy orgullosa de ti, Charley!

Ése fue el mejor momento.

Un año después dejé la universidad.

Ése fue el peor.

⁓ Abandoné los estudios para jugar en la liga menor de beisbol a instancias de mi padre y para eterna desilusión de mi madre. Me habían ofrecido un puesto en la organización de los Piratas de Pittsburgh para jugar durante el invierno, con vistas a formar parte de su lista de jugadores de la liga menor. Mi padre tenía la sensación de que era el momento adecuado.

–En los partidos universitarios no puedes mejorar tu juego —afirmó.

La primera vez que le mencioné la idea a mi madre, ella gritó: "¡Rotundamente no!". No importaba que con el beisbol fuera a ganar dinero. No importaba que los cazatalentos creyeran que tenía potencial, quizá el suficiente para llegar a las grandes ligas. Sus palabras fueron: "¡Rotundamente no!"

Y yo desoí rotundamente sus palabras.

Fui a la rectoría, les dije que me marchaba, metí mis cosas en un saco de la armada y me largué. A muchos chicos de mi edad los mandaban a Vietnam. No obstante, por algún giro inesperado de la suerte o el destino, a mí me había tocado un número muy bajo en el sorteo del cupo. Mi padre, un veterano, pareció aliviado por ello.

–No te hacen ninguna falta los problemas en los que te metes durante una guerra —me dijo.

En cambio, marché según su cadencia y acaté sus órdenes: entré a formar parte de un club de la liga menor en San Juan, Puerto Rico, y mis días de estudiante terminaron. ¿Qué puedo decir al respecto? ¿Qué me seducía? ¿El beisbol o la aprobación de mi padre? Supongo que ambas cosas. Parecía lo más lógico, como si volviera a estar en el sendero de migas de pan que había seguido siendo un colegial, antes de que las cosas se estropearan, antes de que empezara mi vida como niño de mamá.

Recuerdo que le llamé desde el teléfono del motel de San Juan. Había volado hacia allí directamente desde la universidad, la primera vez que había ido en avión. No quería hacer una parada en casa porque sabía que mi madre armaría un escándalo.

–Una llamada a cobro de parte de su hijo —dijo la operadora con acento español.

Cuando mi madre se dio cuenta de dónde me encontraba, de que ya estaba todo decidido, pareció atónita. Su voz sonó monótona. Me preguntó qué ropa tenía. ¿Cómo me las arreglaba para comer? Daba la impresión de que lo estaba leyendo de una lista de preguntas obligadas.

–¿Vives en un lugar seguro? —dijo.

–¿Seguro? Supongo que sí.

–¿A quién más conoces ahí?

–A nadie. Pero están los chicos del equipo. Tengo un compañero de habitación. Es de Indiana, o Iowa, o un lugar parecido.

–Mm-hmm.

Luego el silencio.

–Siempre puedo volver a la facultad, mamá.

Aquella vez el silencio fue más largo. Sólo me dijo una cosa más antes de colgar:

–Volver es más difícil de lo que piensas.

No creo que hubiera podido destrozarle más el corazón a mi madre aunque lo hubiese intentado.

El trabajo que te toca hacer

La señorita Thelma cerró los ojos e inclinó la cabeza hacia atrás. Mi madre reanudó el proceso de maquillaje. Frotó suavemente con la esponja el rostro de su antigua compañera y yo lo observé con una mezcla de emociones. Siempre pensé que lo que iba detrás de tu nombre era muy importante. Chick Benetto, *jugador de beisbol profesional*, y no Chick Benetto, *vendedor*. Ahora me había enterado de que después de Posey Benetto, *enfermera*, y Posey Benetto, *esteticista*, estaba Posey Benetto, *mujer de la limpieza*. Me enojó que hubiera caído tan bajo.

–Mamá... —le dije, titubeante—, ¿por qué no aceptaste el dinero de papá?

Mi madre tensó la mandíbula.

–No necesitaba nada más de tu padre.

–Mm-hmm —añadió la señorita Thelma.

–Nos las arreglamos bien, Charley.

–Mm-hmm, te las arreglaste.

–¿Por qué no volviste al hospital? —dije.

–No me querían.

–¿Por qué no los denunciaste?

–¿Eso te habría hecho feliz? —suspiró. Entonces no

era como hoy en día que la gente pone una demanda por cualquier nimiedad. Aquél era el único hospital de los alrededores. No podíamos marcharnos de la ciudad. Era su hogar. Tu hermana y tú ya habían soportado bastantes cambios. No pasó nada. Encontré trabajo.

–Limpiando casas —mascullé.

Ella bajó las manos.

–Yo no me avergüenzo de ello tanto como tú —me dijo.

–Pero... —intenté encontrar las palabras adecuadas— no podías hacer el trabajo que te importaba.

Mi madre me miró con un brillo desafiante en los ojos.

–Hacía lo que me importaba —dijo. Era madre.

~ Después de aquello nos quedamos en silencio. Al final, la señorita Thelma abrió los ojos.

–¿Y tú qué, Chiquiriquí? —me preguntó. ¿Ya no estás en ese gran escenario jugando beisbol?

Meneé la cabeza.

–No, supongo que no —dijo ella. Es cosa de jóvenes, el beisbol. Pero para mí tú siempre serás ese pequeño con el guante en la mano, tan serio y todo eso.

–Ahora Charley tiene una familia —dijo mi madre.

–¿Es eso cierto?

–Y un buen trabajo.

–¿Ves? —la señorita Thelma echó la cabeza hacia atrás con cuidado. Lo estás haciendo muy bien, Chiquiriquí. Muy bien.

Estaban completamente equivocadas. No lo estaba haciendo bien.

–Detesto mi trabajo —dije.

–Bueno... —la señorita Thelma se encogió de hombros—, a veces pasa. No puede ser mucho peor que limpiar tu tina, ¿verdad? —esbozó una sonrisa burlona. Haces lo que tienes que hacer para mantener unida a tu familia. ¿Acaso eso no está bien, Posey?

Las observé mientras ellas terminaban con su rutina. Pensé en cuántos años habría dedicado la señorita Thelma a pasar aspiradoras o limpiar tinas para alimentar a sus hijos; en la cantidad de tinas o teñidos que habría tenido que hacer mi madre para alimentarnos. ¿Y yo? Yo tuve que jugar a un juego durante diez años... y quería que fueran veinte. De pronto sentí vergüenza.

–¿Qué tiene de malo tu trabajo, a todo esto? —preguntó la señorita Thelma.

Me imaginé el departamento de ventas, las mesas de acero, la débil luz de los fluorescentes.

–Yo no quería ser normal y corriente —murmuré.

–¿Qué es ser normal y corriente, Charley?

–Ya sabes. Alguien a quien se olvida.

Desde la otra habitación se oyeron los gritos de los niños. La señorita Thelma volvió la barbilla hacia el sonido. Sonrió.

–Esto es lo que evita que me olviden.

Cerró los ojos y dejó que mi madre trabajara en ellos. Respiró hondo y se recostó más en la cama.

–Pero no mantuve unida a mi familia —espeté.

Mi madre se llevó un dedo a los labios para pedir silencio.

A mi Charley en el día de su boda:

Sé que piensas que estas notas son una tontería. A lo largo de los años he visto cómo arrugabas el ceño cuando te las daba. Pero tienes que entender que a veces quiero decirte algo y quiero hacerlo bien. Escribirlo en el papel me ayuda. Ojalá hubiera sabido escribir mejor. Ojalá hubiera ido a la universidad. De haberlo hecho, creo que hubiese estudiado literatura y tal vez mi vocabulario habría mejorado. Muchas veces tengo la sensación de que utilizo las mismas palabras una y otra vez, como una mujer que lleva el mismo vestido cada día. ¡Qué aburrido!

Lo que quiero decirte, Charley, es que te casas con una chica maravillosa. En muchos sentidos pienso en Catherine igual que pienso en Roberta. Como en una hija. Es dulce y paciente. Deberías serlo tú también con ella, Charley.

He aquí lo que vas a descubrir sobre el matrimonio: requiere cierto esfuerzo por parte de ambos. Y tienen que <u>amar</u> tres cosas. Tienen que:

1) Amarse el uno al otro.
2) Amar a sus hijos (¡Cuando los tengan! ¡Ejem, ejem!).
3) Amar su matrimonio.

Lo que quiero decir con el último punto es que puede que a veces se peleen, y habrá ocasiones en que Catherine y tú ni siquiera se gusten. No obstante, es precisamente en esos momentos cuando tienen que amar su matrimonio. Es como la tercera de las partes. Miren las fotografías de su boda. Miren los recuerdos que hayan creado. Y si creen en dichos recuerdos, ellos los volverán a unir.

Hoy estoy muy orgullosa de ti, Charley. Voy a meter esto en el bolsillo de tu esmoquin porque sé que lo pierdes todo.

¡Te quiero todos los días!

Mamá

(de los papeles de Chick Benetto, hacia 1974)

Alcanzando la cima

Todavía no te he contado lo mejor y lo peor que me ocurrió siendo profesional. Conseguí llegar al final del arco iris del beisbol: la serie mundial. Tenía tan sólo veintitrés años. El receptor de reserva de los Piratas se rompió el tobillo a principios de septiembre y hacía falta un sustituto, de modo que me convocaron. Todavía recuerdo el día que entré en aquel vestuario alfombrado. No me podía creer lo grande que era. Llamé a Catherine desde un teléfono público —llevábamos seis meses casados— y no dejé de repetirle: "Es increíble".

Al cabo de pocas semanas, los Piratas ganaron el banderín. Mentiría si dijera que yo fui de algún modo responsable de ello; ya eran los primeros cuando llegué. Sí jugué como receptor durante cuatro entradas en un partido de la final y en mi segundo turno al bat lancé una pelota al jardín derecho. La atraparon y quedé eliminado, pero recuerdo haber pensado: "Esto es un principio. Yo puedo batear esta tanda de lanzamientos."

No fue un principio. Al menos para mí. Llegamos a la serie mundial, pero los Orioles de Baltimore nos ganaron cinco partidos. Ni siquiera volví a batear. En el último encuentro perdimos por 5 a 0 y después de que eliminaran al último jugador me quedé de pie en los escalones de la caseta y vi a los jugadores de Baltimore correr por el campo y celebrarlo, arrojándose en una pila gigante junto al montículo. A otros quizá les parecieran eufóricos, pero a mí me parecían aliviados, como si finalmente hubiese desaparecido la presión.

Nunca volví a ver esa imagen, pero todavía sueño con ello a veces. Me veo en esa pila.

Si los Piratas hubieran ganado el campeonato se habría celebrado un desfile en Pittsburgh. En cambio, como perdimos fuera de casa, fuimos a un bar de Baltimore y lo cerramos. En aquella época la derrota tenía que lavarse con la bebida, y nosotros lavamos la nuestra a conciencia. Como yo era el más nuevo del equipo, más que nada lo que hice fue escuchar las quejas de los jugadores más veteranos. Bebí lo que se suponía que tenía que beber. Maldije cuando los demás lo hicieron. Amanecía cuando salimos tambaleándonos de aquel lugar.

Unas horas más tarde tomamos el avión para volver a casa y la mayoría de nosotros dormimos la resaca. En el aeropuerto nos esperaba una hilera de taxis. Nos estrechamos la mano. Dijimos: "Nos vemos el año que viene". Las portezuelas de los taxis se cerraron una tras otra, ¡zas, zas, zas!

El mes de marzo siguiente, durante los entrenamientos de primavera, me rompí la rodilla. Me estaba deslizando para alcanzar la tercera base, se me trabó el pie, el defensor tropezó conmigo y sentí un chasquido como nunca había sentido antes. El médico dijo que me había roto los ligamentos anterior, posterior y medio colateral: el trío fatal de las lesiones de rodilla.

Con el tiempo me recuperé y volví a jugar beisbol. Sin embargo, durante los seis años siguientes nunca volví a estar cerca de las ligas importantes, daba igual lo mucho que me esforzara, daba igual lo bien que creyera que lo estaba haciendo. Era como si la magia me hubiera abandonado. La única prueba que tenía de mi época en las grandes ligas eran las casillas con los resultados del periódico de 1973 y la tarjeta de beisbol con mi foto sosteniendo un bat con expresión seria, mi nombre con letras mayúsculas de imprenta y el olor a chicle que la acompañaba de forma permanente. La empresa me envió dos cajas llenas de esos cromos. Le mandé una a mi padre y me quedé con la otra.

A una corta estancia en el beisbol la llaman "una taza de café", y eso fue lo que yo tuve, pero fue una taza de café en la mejor mesa del peor antro de la ciudad.

Lo cual, por supuesto, era bueno y malo al mismo tiempo.

~ Verás, durante aquellas seis semanas con los Piratas estuve más vivo de lo que nunca me había sentido antes ni me sentí después. Los reflectores habían hecho que me sintiera inmortal. Echaba de menos el inmenso vestuario enmoquetado. Echaba de menos recorrer los aeropuertos con mis compañeros de equipo y notar las miradas de los seguidores al pasar. Echaba de menos las multitudes en aquellos grandes estadios, el flash de las cámaras fotográficas, las rugientes ovaciones..., en fin, la majestuosidad de todo aquello. Lo echaba de menos amargamente. Y mi padre también. Compartíamos el ansia de regresar.

De modo que seguí aferrado al beisbol mucho después de cuando tendría que haberlo dejado. Fui de la liga menor de una ciudad a la liga menor de otra ciudad y seguía creyendo, como hacen a menudo los atletas, que sería el primero en desafiar el proceso de envejecimiento. Arrastré a Catherine conmigo por todo el país. Tuvimos departamentos en Portland, Jacksonville, Albuquerque, Fayetteville y Omaha. Durante su embarazo tuvo tres médicos distintos.

Al final, Maria nació en Pawtucket, Rhode Island, dos horas después de un partido al que asistieron quizá unas ochenta personas antes de que la lluvia las dispersara. Tuve que esperar a un taxi que me llevara al hospital. Casi estaba tan mojado como mi hija cuando llegó al mundo.

Dejé el beisbol poco tiempo después.

Y nada de lo que emprendí llegó nunca a buen término. Lo intenté con mi propio negocio, que sólo me hizo perder dinero. Busqué trabajo como entrenador, pero no encontré ningún puesto. Al final un tipo me ofreció un trabajo en ventas. Su empresa fabricaba botellas de plástico para alimentos y productos farmacéuticos y acepté el empleo. El trabajo era aburrido. Las horas se hacían tediosas. Y lo que era aún peor, sólo me dieron el trabajo porque creían que podría contar historias de beisbol y tal vez cerrar un trato aprovechando el banal orgullo desmedido de los hombres cuando hablan de deportes.

Es curioso. Una vez conocí a un hombre que hacía mucho alpinismo. Le pregunté qué resultaba más difícil, si el ascenso o el descenso. Me respondió sin dudarlo que el descenso, porque al ascender estabas tan concentrado en llegar a la cima que evitabas los errores.

—La vertiente posterior de una montaña es una lucha contra la naturaleza humana —dijo. En la bajada tienes que preocuparte por ti mismo tanto como lo hiciste en la subida.

Podría pasar mucho tiempo hablando sobre mi vida después del beisbol, pero esto lo dice casi todo.

~ Mi padre se desvaneció junto con mi carrera deportiva, lo cual no es sorprendente. Oh, sí, vino a ver al bebé unas cuantas veces. Pero el hecho de tener una nieta no le fascinaba tanto como yo había esperado. A medida que iba pasando el tiempo, cada vez teníamos menos cosas de las que hablar. Vendió sus tiendas de licores y compró la mitad de las acciones de un contrato de distribución, con lo que pagaba de sobras las facturas sin que se requiriera demasiado su presencia. Es curioso. Aunque me hacía falta un trabajo, él nunca me ofreció uno. Supongo que había pasado demasiado tiempo formándome para que fuera diferente como para permitirme ser igual que los demás.

No hubiera importado. El beisbol era nuestro territorio común y, sin él, íbamos a la deriva como dos barcos con los remos levantados. Compró un departamento en un barrio de las afueras de Pittsburgh, se hizo socio de un club de golf, desarrolló una diabetes leve y tuvo que vigilar su dieta y ponerse inyecciones.

Y con la misma ausencia de esfuerzo con la que había aflorado por debajo de esos cielos grises de la universidad, mi padre volvió a adentrarse de nuevo en la nebulosa ausencia, la llamada esporádica, la postal de navidad.

Tal vez te preguntes si alguna vez me explicó lo que había ocurrido entre mi madre y él. No lo hizo. Sencillamente dijo: "No funcionaban las cosas entre los dos". Si yo insistía, añadía: "No lo entenderías". Lo peor que dijo sobre mi madre fue: "Es una terca".

Era como si hubieran pactado no hablar nunca sobre lo que los separó. Pero yo se lo pregunté a ambos y mi padre fue el único que bajó la mirada al responder.

La segunda visita llega a su fin

—Posey —susurró la señorita Thelma—, voy a charlar un rato con mis nietos.

Tenía mucho mejor aspecto que cuando había tocado el timbre de casa de mi madre. Su rostro estaba terso y sus ojos y labios muy bien maquillados. Mi madre le había cepillado sus mechones teñidos de naranja y por primera vez me di cuenta de que la señorita Thelma era una mujer atractiva, y que de joven debía de haber sido un bombón.

Mi madre le dio un beso en la mejilla a la señorita Thelma, cerró su bolsa y me hizo señas para que la siguiera. Salimos al pasillo donde una chiquilla peinada con trenzas se dirigía hacia nosotros pisando fuerte.

—Abuela —dijo—, ¿estás despierta?

Yo me aparté, pero ella pasó por nuestro lado sin detenerse, sin levantar la vista ni un instante. La seguía un niño pequeño —¿su hermano, tal vez?— que se detuvo en la puerta y se llevó un dedo a la boca. Alargué la mano y la moví delante de sus ojos. Nada. Estaba claro que para ellos éramos invisibles.

—Mamá —balbuceé—, ¿qué está pasando?

Ella estaba mirando a la señorita Thelma, cuya nieta

estaba entonces en la cama. Estaban jugando a las palmas. Mi madre tenía lágrimas en los ojos.

—¿La señorita Thelma también va a morir?

—Pronto —respondió mi madre.

Me puse frente a ella.

—Mamá, por favor.

—Ella me llamó, Charley.

Ambos volvimos la mirada hacia la cama.

—¿La señorita Thelma? ¿Ella te pidió que vinieras?

—No, cariño. Pensó en mí, eso es todo. Fui un pensamiento. Lamentó que yo ya no estuviera aquí para ayudarla a ponerse guapa y no verse tan enferma, de modo que vine.

—¿Un pensamiento, dices? —bajé la mirada. No lo entiendo.

Mi madre se acercó más. Su voz se suavizó.

—¿Alguna vez has soñado con alguien que ya no está, Charley, pero con quien mantienes una nueva conversación en el sueño? Cuando eso ocurre entras en un mundo que no está muy alejado de aquél en el que ahora me encuentro.

Puso la mano sobre la mía.

—Cuando llevas a alguien en tu corazón, nunca se marcha del todo. Puede volver contigo, incluso en los momentos más insólitos.

En la cama, la niña jugaba con el cabello de la señorita Thelma, que sonrió y nos miró.

—¿Recuerdas a la anciana señora Golinski? —dijo mi madre.

La recordaba. Era una paciente del hospital. Enfermedad terminal. Se estaba muriendo. Pero cada día solía hablarle a mi madre de personas que la "visitaban". Personas de su pasado con quienes charlaba y reía. Mi madre nos lo contaba mientras cenábamos, nos explicaba que se había asomado a la habitación y había visto a la anciana señora Golinski con los ojos cerrados, sonriendo y manteniendo una conversación inaudible entre dientes. Mi padre la llamaba "loca". Murió al cabo de una semana.

—No estaba loca —me dijo entonces mi madre.

—Así, pues, la señorita Thelma está...

—Cerca —mi madre entrecerró los ojos. Cuanto más te acercas a la muerte, más fácil es hablar con los muertos.

Me sobrevino una sensación de frío que me recorrió el cuerpo desde los hombros a los pies.

—¿Significa eso que soy...?

Quería decir "un moribundo". Quería decir "un muerto".

—Eres mi hijo —repuso ella con un susurro. Eso es lo que eres.

Tragué saliva.

—¿Cuánto tiempo me queda?

—Un poco —contestó.

—¿No mucho?

—¿Cuánto es mucho?

—No lo sé, mamá. ¿Estaré contigo para siempre o te irás dentro de un minuto?

—En un minuto puedes descubrir algo verdaderamente importante —dijo ella.

De repente estallaron todos los cristales de la casa de la señorita Thelma, ventanas, espejos, pantallas de televisor. Los pedazos volaron a nuestro alrededor como si nos encontráramos en el centro de un huracán. Una voz procedente del exterior bramó por encima de todo aquello.

–¡CHARLES BENETTO! ¡SÉ QUE PUEDE OIRME! ¡RESPÓNDAME!

–¿Qué hago? —le grité a mi madre.

Mi madre parpadeó tranquilamente mientras los cristales se arremolinaban en torno a ella.

–Eso depende de ti, Charley —contestó.

IV
Noche

La luz del sol se apaga

"En CUANTO EL CIELO HAYA TERMINADO CON MI ABUELA, NOS GUSTARÍA QUE NOS LA DEVOLVIERAN, GRACIAS." Mi hija había escrito esto en el libro de condolencias del funeral de mi madre, una de esas ocurrencias presuntuosas e incongruentes de los adolescentes. Pero al volver a ver a mi madre, al oirle explicar cómo funcionaba este mundo "muerto", cómo la gente la llamaba al recordarla..., bueno, quizá Maria supiera algo.

La tormenta de cristal en casa de la señorita Thelma ya había pasado; tuve que apretar los ojos con fuerza para hacer que parara. Se me clavaron fragmentos de cristal en la piel e intenté quitármelos, pero hasta eso parecía requerir un gran esfuerzo. Me estaba debilitando, marchitando. Aquel día con mi madre estaba perdiendo su luz.

–¿Voy a morirme? —pregunté.

–No lo sé, Charley. Sólo Dios lo sabe.

–¿Esto es el cielo?

–Esto es Pepperville Beach. ¿No te acuerdas?

–Si estoy muerto..., si muero..., ¿voy a estar contigo? Ella sonrió.

–Vaya, así que ahora quieres estar conmigo.

Quizá te parezca una respuesta fría, pero mi madre sólo estaba siendo ella misma, un tanto divertida, un tanto guasona, tal como hubiese sido de haber pasado aquel día juntos antes de su muerte.

Además, tenía motivos. ¡Cuántas veces había optado por no estar con ella! Demasiado ocupado. Demasiado cansado. No estoy de humor para eso. *¿Ir a la iglesia?* No, gracias. *¿A cenar?* Lo siento. *¿Venir de visita?* No puedo, quizá la semana que viene.

Cuentas las horas que podrías haber pasado con tu madre. Son toda una vida.

Entonces me tomó de la mano. Después de lo de la señorita Thelma, simplemente nos pusimos a caminar, el escenario cambió y nos deslizamos por una serie de breves apariciones en las vidas de algunas personas. Reconocí a algunos viejos amigos de mi madre.

Algunos eran hombres que yo apenas conocía, hombres que una vez la habían admirado: un carnicero llamado Armando, un abogado fiscalista llamado Howard, un relojero bajito llamado Gerhard. Mi madre sólo pasó un momento con cada uno, sonriendo o sentada frente a ellos.

–¿De modo que ahora están pensando en ti? —pregunté.

–Ajá —contestó ella, asintiendo con la cabeza.

–¿Vas dondequiera que piensan en ti?

–No —respondió—, a todas partes no.

Aparecimos cerca de un hombre que miraba por una ventana. Luego junto otro hombre en una cama de hospital.

–¡Cuántos! —comenté.

–Sólo son hombres, Charley. Buenas personas. Algunos de ellos viudos.

–¿Saliste con ellos?

–No.

–¿Te lo pidieron?

–Muchas veces.

–¿Por qué los ves ahora?

–Bueno, supongo que es la prerrogativa de una mujer —juntó las manos y se tocó la nariz, ocultando una pequeña sonrisa—. Sigue siendo estupendo que piensen en ti, ¿sabes?

Estudié su rostro. No se podía dudar de su belleza, incluso a sus más de ochenta años, cuando había adquirido una elegancia más arrugada, con sus ojos detrás de los lentes y su cabello, que antes era de un azul oscuro como la medianoche y que entonces tenía el tono plateado del cielo de una tarde nublada. Aquellos hombres la habían visto como a una mujer. Pero yo nunca la había visto de ese modo. Yo nunca la había conocido como Pauline, el nombre que sus padres le habían dado, ni como Posey, el nombre que le habían dado sus amigos; sólo como mamá, el nombre que yo le había dado. Sólo la veía poniendo la cena en la mesa con guantes de cocina o llevándonos en coche al boliche cuando le tocaba a ella.

–¿Por qué no volviste a casarte? —le pregunté.

Ella entrecerró los ojos.

–Vamos, Charley.

–No. Hablo en serio. Cuando nosotros ya crecimos..., ¿no te sentías sola?

Apartó la mirada.

–A veces. Pero entonces Roberta y tú tuvieron hijos, con lo que tuve a mis nietos, y tenía a las señoras de aquí y..., bueno, ya sabes, Charley, los años pasan.

Vi que giraba las palmas hacia arriba y sonreía. Había olvidado el pequeño placer de escuchar a mi madre hablando de sí misma.

–La vida pasa muy deprisa, ¿verdad, Charley?

–Sí —mascullé.

–Es una pena perder el tiempo. Siempre creemos tener mucho.

Pensé en los días que había dejado en manos de una botella. Las noches que no podía recordar. Las mañanas que pasé durmiendo. Todo ese tiempo huyendo de mí mismo.

–¿Te acuerdas... —empezó a reirse— del día en que te disfracé de momia por Halloween? ¿Y que llovió?

Bajé la mirada.

Me destrozaste la vida.

Incluso entonces le estaba echando la culpa a otra persona, pensé.

—–Deberías cenar un poco —dijo mi madre.

Y con esas palabras volvimos a estar de vuelta en su cocina, sentados a la mesa redonda, una última vez. Había pollo frito, arroz amarillo y berenjenas asadas, todo caliente, todo familiar, platos que había cocinado para mi hermana y para mí cientos de veces. No obstante, a diferencia de la sensación de asombro que había sentido antes en aquella habitación, ahora estaba agitado, nervioso, como si supiera que se avecinaba algo malo. Ella me miró, preocupada, e intenté desviar su atención.

–Háblame de tu familia —le dije.

–Ya te lo he contado, Charley —repuso mi madre.

Yo tenía la cabeza a punto de estallar.

–Cuéntamelo otra vez.

Y así lo hizo. Me habló de sus padres, ambos inmigrantes, que murieron antes de que yo naciera. Me habló de sus dos tíos y de su tía loca que se negaba a aprender inglés y todavía creía en maldiciones familiares. Me habló de sus primos, Joe y Eddie, que vivían en la otra costa. Por norma general había una pequeña anécdota que identificaba a cada uno. ("Los perros le daban un miedo mortal." "Intentó alistarse en la marina cuando tenía quince años.") En aquellos momentos me parecía de vital importancia relacionar el nombre con el detalle. Roberta y yo solíamos poner los ojos en blanco cuando mi madre se lanzaba a narrar estas historias. Pero años más tarde, después del funeral, Maria me había hecho preguntas sobre la familia —quién estaba emparentado con quién— y pasé apuros. No me acordaba. Una buena parte de nuestra historia había sido enterrada con mi madre. Uno nunca debería permitir que su pasado desapareciera de ese modo.

Así, pues, en aquella ocasión escuché atentamente mientras mi madre recorría todas las ramas del árbol, echando un dedo hacia atrás con cada persona que contaba. Al final, cuando terminó, juntó las manos, y sus dedos, al igual que los personajes, se entrelazaron.

–Bueno —dijo casi cantando. Eso fue...

–Te he echado de menos, mamá.

Aquellas palabras salieron de mi boca sin más. Ella sonrió, pero no respondió. Parecía estar considerando la frase, deduciendo mis intenciones, como si recogiera una red de pescador.

Entonces, con el sol poniéndose en cualquiera que fuera el horizonte de cualquiera que fuera el mundo en el que estábamos, mi madre chasqueó la lengua y dijo:

–Aún nos queda otra parada por hacer, Charley.

El día que él quería recuperar

~~~ **A**hora necesito hablarte de la última vez que vi a mi madre con vida, y de lo que hice.

Fue ocho años antes, en la fiesta de su setenta y nueve aniversario. Ella había bromeado diciendo que sería mejor que la gente asistiera, porque a partir del próximo año "No voy a decirle nunca más a nadie cuándo es mi cumpleaños". Claro que había dicho lo mismo al cumplir sesenta y nueve, cincuenta y nueve e incluso veintinueve.

La fiesta era una comida en su casa un sábado por la tarde. Los asistentes éramos mi esposa y mi hija; mi hermana, Roberta, y su marido, Elliot; sus tres hijos (la más pequeña de los cuales, Roxanne, de cinco años, llevaba zapatillas de bailarina adondequiera que fuera); además de un par de docenas de personas del antiguo vecindario entre las que se incluían las mujeres mayores a las que mi madre lavaba y arreglaba el pelo. Muchas de aquellas mujeres estaban muy mal de salud; una de ellas vino en una silla de ruedas. Aun así, todas iban recién peinadas, con el cabello tan rociado con laca que parecía que llevaran casco, y me pregunté si mi madre no habría organizado la fiesta sólo para que aquellas damas tuvieran un motivo para acicalarse.

—Quiero que la abuela me maquille, ¿de acuerdo? —dijo Maria, que se acercó a mí dando saltitos con su cuerpo de catorce años, todavía torpe como el de un potro.

—¿Por qué? —pregunté.

—Porque quiero que lo haga. Ella dijo que lo haría si a ti te parecía bien.

Miré a Catherine, que se encogió de hombros. Maria me apretó el brazo.

—Por favor, por favor, por favor, por favor, por favor.

He hablado mucho de lo deprimente que me resultaba la vida después del beisbol. Debería mencionar que Maria era la excepción a todo ello. Ella era mi mayor alegría. Intenté ser un buen padre. Intenté prestar atención a los detalles. Le limpiaba la salsa de tomate de la cara cuando acababa de comer papas fritas. Me sentaba a su lado en su pequeño escritorio, lápiz en ristre, ayudándola a solucionar los problemas de matemáticas. La mandé arriba cuando, con once años, bajó vestida con un top de espalda descubierta. Y siempre estaba dispuesto a tirarle la pelota o a llevarla a la Asociación Cristiana de Jóvenes del barrio para las clases de natación, contento de que siguiera siendo una machorra todo el tiempo posible.

Más adelante, después de que hubiera salido de su vida, me enteré de que escribía sobre deportes en el periódico de su facultad. Y en aquella mezcla de palabras y deportes me di cuenta de que, te guste o no, tu madre y tu padre pasan a tus hijos a través de ti.

La fiesta continuó con el sonido de la música y el ruido de los platos. La habitación bullía con la cháchara. Mi madre leía sus tarjetas en voz alta como si fueran telegramas de felicitación enviados por dignatarios extranjeros, incluso las baratas, con conejos de color pastel en la cubierta ("Se me ocurrió venir en una escapada para decirte... ¡Espero que tu cumpleaños sea un auténtico jolgorio!"). Al terminar, abría la tarjeta para que todo el mundo la viera y le mandaba un beso a quien se la había enviado: "¡Mmmmuá!".

Poco después de las tarjetas pero antes del pastel y los regalos, sonó el teléfono. En casa de mi madre el teléfono podía sonar un buen rato porque ella nunca dejaba lo que estaba haciendo para ir a atenderlo a toda prisa; terminaba de pasar la aspiradora por el último rincón o de rociar la última ventana, como si no contara hasta que lo contestabas.

Puesto que nadie acudía, lo hice yo.

Si pudiera volver a vivir mi vida, lo habría dejado sonar.

–¿Diga? —grité por encima del barullo.

El cable tenía seis metros de largo porque a ella le gustaba pasear mientras hablaba.

–¿Diga? —repetí. Me apreté el auricular al oído. ¿Diigaaa?

Estaba a punto de colgar cuando oí el carraspeo de un hombre.

Entonces mi padre dijo:

–¿Chick? ¿Eres tú?

~ Al principio no respondí. Me había quedado atónito. Aunque mi madre nunca había cambiado el número de teléfono, costaba creer que mi padre estuviera llamando. Su marcha de aquella casa había sido tan repentina y destructiva que el hecho de oir su voz fue como si un hombre volviera a entrar en un edificio en llamas.

–Sí, soy yo —susurré.

–He estado tratando de localizarte. Llamé a tu casa y a tu oficina. Me arriesgué a llamar aquí pensando que tal vez...

–Es el cumpleaños de mamá.

–Ah, bien —dijo él.

–¿Quieres hablar con ella?

Me había precipitado con aquella pregunta. Sentí que mi padre ponía los ojos en blanco.

–Estuve hablando con Pete Garner, Chick.

–Pete Garner...

–De los Piratas.

–¿Sí?

Me alejé de los invitados con el teléfono en el oído. Tapé el auricular con la otra mano y miré a dos ancianas que estaban sentadas en el sofá comiendo ensalada de atún en platos de papel.

–Tienen el partido de veteranos, ¿recuerdas? —dijo mi padre. Y Pete me dice que Freddie González está fuera. Algún problema con sus papeles.

–No entiendo por qué...

–Ya no tienen tiempo de convocar a un sustituto. De modo que le dije a Pete: "Eh, Chick está disponible".

–Papá, no estoy disponible.

–Puedes estarlo. Él no sabe qué estás haciendo.

–¿Un partido de veteranos?

–Y él dice: "¿Ah, sí? ¿Chick está disponible?". Y yo digo: "Sí, y además está en buena forma...".

–Papá...

–Y Pete dice...

–Papá...

Sabía adónde quería llegar con todo aquello. Lo supe de inmediato. La única persona que la había pasado peor que yo cuando dejé mi carrera como jugador de beisbol era mi padre.

–Pete dice que te pondrán en la lista. Lo único que tienes que hacer es...

–Papá, sólo jugué...

–Venir aquí...

–Seis semanas en las grandes ligas...

–Sobre las diez de la mañana...

–Sólo jugué...

–Y entonces...

–No puedes jugar un partido de veteranos con...

–¿Qué problema tienes, Chick?

Odio esa pregunta. "¿Qué problema tienes?" No hay ninguna respuesta buena excepto: "No tengo ningún problema". Y estaba claro que eso no era cierto.

Suspiré.

–¿Dijeron que me pondrían en la lista?

–Es lo que estoy diciendo...

–¿Para jugar?

–¿Estás sordo? Es lo que te estoy diciendo.

–¿Y cuándo es esto?

–Mañana. Los tipos de la organización estarán ahí y...

–¿Mañana, papá?

–Mañana, ¿qué pasa?

–Ya son las tres de la tarde...

–Estás en la caseta. Te encuentras con esos tipos. Entablas conversación.

–¿Me encuentro con quién?

–Con quien sea. Anderson. Molina. Mike Junez, el entrenador, el tipo calvo, ¿sabes? La cuestión es toparte con ellos. Tú habla con ellos, nunca se sabe.

–¿El qué?

–Puede surgir algo. Un puesto de entrenador. De instructor de bateo. Alguna cosa en la liga menor. Te introduces en el mundillo...

–¿Por qué iban a querer que yo...?

–Así es como ocurren...

–No he empuñado un bat desde...

–... estas cosas así ocurren, Chick. Te introduces en el mundillo...

–Pero yo...

–Cuando surgen estos empleos todo depende de a quién conozcas...

–Papá, ya tengo un empleo.

Una pausa. Mi padre podía herirte más con una pausa que cualquier hombre que haya conocido.

–Mira —dijo, soltando aire—, yo me las he arreglado para conseguir una oportunidad. ¿La quieres o no?

Su voz había cambiado, el luchador se enojaba y apretaba los puños. Él había descartado mi existencia actual con tanta rapidez como hubiera deseado poder hacerlo yo. Eso me hizo retroceder y, cuando retrocedes, pierdes la pelea, por supuesto.

–Tú mueve el culo y ven aquí, ¿de acuerdo? —dijo.

–Es el cumpleaños de mamá.

–Mañana ya no lo será.

~ Al evocar ahora aquella conversación, hay muchas cosas que desearía haberle preguntado. ¿Le importaba un comino que su exmujer estuviera celebrando su cumpleaños? ¿Quería saber cómo estaba ella? ¿Quién estaba allí? ¿Qué aspecto tenía la casa? ¿Si ella pensaba alguna vez en él? ¿Con cariño? ¿Con resentimiento? ¿Nunca?

Hay muchísimas cosas que querría haberle preguntado. En cambio, dije que le volvería a llamar. Colgué el teléfono. Y dejé que la oportunidad que mi padre "se las había arreglado para conseguir" me bailara por la cabeza.

Pensé en ello mientras mi madre cortaba su pastel relleno de fresas y ponía cada pedazo en un plato de papel. Pensé en ello mientras ella abría sus regalos. Pensé en ello mientras Catherine, Maria y yo posábamos con ella para una foto —Maria cubierta entonces de sombra de ojos color púrpura— y Edith, la amiga de mi madre, sostenía la cámara y decía: "Uno, dos..., uy, esperen, nunca sé cómo se usa esta cosa."

Y mientras permanecíamos allí forzando la sonrisa, me imaginaba bateando.

Intenté centrarme. Intenté que la fiesta de cumpleaños de mi madre me envolviera. Sin embargo, mi padre, un ladrón en muchos sentidos, me había privado de la concentración. Antes de que se retiraran los platos de papel yo ya estaba abajo en el sótano, al teléfono, reservando un vuelo en el último avión.

Mi madre solía empezar sus frases con "Sé un buen chico...", como en "Sé un buen chico y saca la basura..." o "Sé un buen chico y ve corriendo a la tienda...". No obstante, con una llamada de teléfono, el buen chico que había sido al llegar aquel día había puesto los pies en polvorosa y otro chico había ocupado su lugar.

⁓ Tuve que mentirle a todo el mundo. No fue difícil. Llevaba un buscapersonas por cuestiones de trabajo, así que llamé desde el teléfono de abajo y subí a toda prisa. Cuando sonó delante de Catherine me hice el enojado y me quejé de que tuvieran "que molestarme en sábado".

Fingí que devolvía la llamada de teléfono. Fingí mi consternación. Me inventé una historia diciendo que tenía que tomar un avión para ir a ver a unos clientes que sólo podían celebrar la reunión en domingo, ¡qué horror!, ¿no?

–¿No pueden esperar? —preguntó mi madre.

–Lo sé, es ridículo —dije.

–Pero mañana vamos a almorzar juntos.

–¿Y qué quieres que haga?

–¿No puedes volverles a llamar?

–No, mamá —le espeté—, no puedo volverles a llamar.

Mi madre bajó la vista. Yo solté aire. Cuanto más defiendes una mentira, más te enfadas.

Al cabo de una hora llegó un taxi. Agarré mi maleta. Les di un abrazo a Catherine y a Maria y ellas esbozaron unas sonrisas forzadas que en realidad eran casi un gesto de enfado. Les grité una despedida a las personas allí reunidas. El grupo me respondió también a gritos: "Hasta pronto... Adiós... Suerte...".

La última voz que oí, por encima de las demás, fue la de mi madre: "Te quiero, Char...".

La puerta se cerró a mitad de la frase.

Y ya nunca volví a verla.

Las veces que mi madre me apoyó

—Pero ¿qué sabes tú de llevar un restaurante? —dice mi esposa.

—Es un bar deportivo —replico yo.

Estamos sentados a la mesa del comedor. Mi madre también está allí, jugando a las escondidas con la pequeña Maria. Esto ya es después de haber abandonado el beisbol. Un amigo quiere que sea su socio en un nuevo negocio.

—Pero ¿no es difícil llevar un bar? —dice Catherine. ¿No hay ciertas cosas que tienes que saber?

—Esas cosas ya las sabe él —contesto.

—¿A ti qué te parece, mamá? —pregunta Catherine.

Mi madre le toma las manos a Maria y se las agita arriba y abajo.

—¿Tendrías que trabajar de noche, Charley? —pregunta.

—¿Cómo dices?

—De noche. ¿Tendrías que trabajar de noche?

—Soy el inversionista, mamá. No voy a servir mesas.

—Es mucho dinero —dice Catherine.

—Si no se invierte dinero no se puede ganar dinero —contesto.

–¿No hay ninguna otra cosa aparte de esto? —dice Catherine.

Suelto el aire ruidosamente. En realidad, no sé si hay otra cosa. Cuando practicas un deporte te acostumbras a no pensar demasiado en ninguna otra cosa. No me imagino detrás de una mesa. Esto es un bar. Yo entiendo de bares. Ya he iniciado una dependencia del alcohol como parte de mi existencia diaria y, en el fondo, me atrae la idea de tenerlo tan a mano. Además, el lugar cuenta con la palabra "deportivo".

–¿Dónde está? —pregunta mi madre.

–A una media hora de aquí.

–¿Tendrías que ir muy a menudo?

–No lo sé.

–¿Pero no de noche?

–¿Por qué no dejas de preguntar lo de las noches? Mi madre mueve los dedos en el rostro de María.

–Tienes una hija, Charley.

Meneo la cabeza.

–Ya lo sé, mamá, ¿de acuerdo?

Catherine se levanta. Retira los platos de la mesa.

–Me asusta, eso es todo. Estoy siendo sincera contigo.

A mí me da un bajón. Me quedo mirando fijamente al suelo. Al levantar la vista, mi madre me está observando. Se pone un dedo debajo de la barbilla y se la alza ligeramente, diciéndome, a su manera, que yo debería hacer lo mismo.

–¿Sabes lo que pienso? —anuncia. Pienso que en la vida hay que probar las cosas. ¿Tú tienes fe en esto, Charley?

Yo le digo que sí con la cabeza.

—Fe, trabajo duro, amor... si tienes estas cosas puedes hacer lo que sea.

Me enderezo en el asiento. Mi esposa se encoge de hombros. El humor ha cambiado. Aumentan las posibilidades.

Al cabo de unos meses abre el bar deportivo.

Al cabo de dos años, cierra.

Por lo visto hace falta algo más aparte de esas tres cosas. Al menos en mi mundo, si no en el suyo.

El partido

La víspera del partido de veteranos pasé la noche en un buen hotel del oeste que me recordaba a mi época de jugador y a nuestros viajes por carretera. No podía dormir. Me preguntaba cuánta gente habría en el estadio. Me preguntaba si sería capaz siquiera de hacer contacto con un lanzamiento. A las 5:30 de la mañana salí de la cama para intentar hacer unos estiramientos. La luz roja de mi teléfono parpadeaba. Llamé a recepción. Al menos sonó veinte veces.

–Tengo la luz de los mensajes encendida —dije cuando por fin alguien contestó al teléfono.

–Un segundo... —gruñó la voz. Sí. Hay un paquete para usted.

Fui abajo. El recepcionista me dio una vieja caja de zapatos. Tenía mi nombre pegado con cinta adhesiva en la tapa. El hombre bostezó. Yo abrí la caja.

Mis zapatos de jugar a beisbol.

Por lo visto, mi padre los había guardado todos esos años. Debía de haberlos dejado allí durante la noche sin ni siquiera llamar por teléfono a la habitación. Busqué una nota, pero en la caja no había nada más. Sólo los zapatos con todas sus viejas raspaduras.

Llegué pronto al estadio. Por la fuerza de la costumbre le dije al taxista que me dejara cerca de la entrada de los jugadores, pero el guardia me indicó que me dirigiera a la puerta de servicio, por donde entran los vendedores de cerveza y hot dogs. El estadio estaba vacío y los pasillos olían a la grasa de cocinar las salchichas. Resultaba extraño volver a ese lugar. Durante muchos años había querido ganarme el regreso como jugador. Ahora formaba parte de una promoción, el día de los veteranos, unas cuantas entradas de nostalgia gratuita, una manera de vender localidades, igual que el día de la gorra, el día de la pelota o el día de los fuegos artificiales.

Encontré el camino a un vestuario auxiliar donde se suponía que teníamos que cambiarnos. El guardia que había en la puerta comprobó que mi nombre estuviera en la lista y me dio el uniforme para la jornada.

–¿Dónde puedo...?

–Ahí, en cualquier parte —me señaló una hilera de clósets metálicos pintados de azul.

Dos tipos con el pelo blanco hablaban en una esquina. Me saludaron con un movimiento de la barbilla sin interrumpir su conversación. Era una situación incómoda, como ir a una reunión de la escuela del curso de otra persona. Sí, había jugado en la liga nacional durante seis semanas, pero no podía decirse que hubiera hecho amigos para toda la vida.

En mi uniforme se leía "BENETTO", con letras bordadas en la espalda, aunque al examinarlo con más atención vi en la tela el sombreado del otro nombre que había antes. Me pasé el suéter por la cabeza. Metí los brazos por las mangas.

Tiré de la prenda hacia abajo y al darme la vuelta vi a Willie Bomber Jackson a unos cuantos pasos de distancia.

Todo el mundo conocía a Jackson. Era un bateador estupendo, famoso tanto por su potencia como por su petulancia en el plato. Una vez, durante las finales, señaló con el bat hacia la valla del jardín para anunciar dónde mandaría la pelota, luego asestó el golpe y consiguió un destacado jonrón. Basta con que lo hagas una vez durante tu carrera para que te inmortalicen con las repeticiones que dan por televisión. Y así le ocurrió.

Y ahora estaba sentado en un taburete a mi lado. Nunca había jugado con Jackson. Con su sudadera de terciopelo azul tenía un aspecto rechoncho, casi hinchado, pero seguía poseyendo cierta majestuosidad. Me saludó con la cabeza y le correspondí de la misma manera.

–¿Qué hay? —dijo.

–Chick Benetto —dije yo, tendiéndole la mano. Él me agarró los dedos interiores y tiró de ellos. No dijo su nombre. Se sobrentendía que no era necesario.

–Dime, Chuck, ¿a qué te dedicas ahora?

No corregí su pronunciación. Dije que trabajaba en "mercadotecnia".

–¿Y tú? —le pregunté. ¿Sigues en televisión?

–Mmm. Un poco. Ahora me dedico principalmente a las inversiones.

Asentí con la cabeza.

–Estupendo. Sí. Buena jugada. Inversiones.

–Fondos de inversión mobiliaria —dijo. Unos cuantos

fondos protegidos, fondos comunes, cosas así. Sobre todo fondos de inversión mobiliaria.

Volví a mover la cabeza. Me sentía estúpido por haberme puesto ya el uniforme.

–¿Tú inviertes en bolsa? —dijo.

Volví la palma hacia arriba.

–En alguna que otra cosa, ya sabes.

Era mentira, no tenía ninguna inversión en el mercado de valores.

Me estudió, moviendo la mandíbula.

–Bueno, escucha. Puedo proporcionarte contactos.

Por un momento me pareció que aquello prometía, el famoso Jackson estaba dispuesto a proporcionarme contactos, y en mi cabeza empecé a hacer planes con un dinero que no tenía. Pero cuando se metió la mano en el bolsillo, supongo que para sacar una tarjeta de visita, alguien gritó: "¡EH, JACKSON, PEDORRO!". Ambos nos dimos la vuelta rápidamente y ahí estaba Spike Alexander, y él y Jackson se abrazaron con tanta fuerza que estuvieron a punto de caérseme encima. Tuve que apartarme.

Al cabo de un minuto estaban al otro lado de la habitación, rodeados por otros jugadores, y ahí terminaron mis escarceos con los fondos de inversión mobiliaria.

El partido de veteranos se jugaba una hora antes que el partido de verdad, con lo cual las tribunas estaban en su mayor parte vacías cuando empezamos. Sonó un órgano. El comentarista dio la bienvenida por megáfono a la escasa multitud. Nos presentaron por orden alfabético, empezando por un jardinero llamado Rusty

Allenback, que jugó a finales de la década de 1940, seguido por Benny Bobo Barbosa, un popular jugador de cuadro de los años sesenta con una de esas sonrisas amplias e inmensas. Salió corriendo y saludando con la mano. Los seguidores seguían aplaudiéndole cuando dijeron mi nombre. El comentarista anunció: "Del equipo ganador del banderín en 1973... —y se percibió el rumor de la expectativa— el receptor Charles Chick Benetto"; el volumen descendió de repente y el entusiasmo se transformó en cortesía.

Salí disparado de la caseta y casi tropiezo con las piernas de Barbosa. Intentaba ocupar mi puesto antes de que terminara el aplauso para evitar el silencio incómodo en el que oyes tus propios pies sobre la gruesa arena. En algún lugar en medio de aquel gentío estaba mi padre, aunque cuando me lo imaginé tenía los brazos cruzados. No hubo aplausos por parte del equipo de casa.

⁓ Luego empezó el partido. La caseta era como una estación de tren, los muchachos entraban y salían arrastrando los pies, agarrando los bats, chocando unos con otros mientras los tacos de sus zapatos resonaban sobre el suelo de cemento. Yo hice de receptor en una entrada, lo cual fue más que suficiente, pues al ponerme en cuclillas después de todos aquellos años los muslos ya me ardían al tercer lanzamiento. No dejé de cambiar el peso del cuerpo de un pie al otro hasta que un bateador, un tipo alto de brazos vellosos llamado Teddy Slaughter, dijo: "¡Eh, amigo! ¿Quieres dejar de dar saltitos ahí atrás?".

Supongo que a la gente que iba llegando aquello les

parecía beisbol. Ocho defensas, un lanzador, un bateador, un árbitro vestido de negro. No obstante, estábamos
muy lejos de la fluida danza de nuestra juventud. Ahora
éramos lentos. Torpes. Nuestros bateos eran pesados, y
nuestros lanzamientos altos y torcidos, demasiado aire
debajo de ellos.

En nuestra caseta había hombres barrigudos que a
todas luces se habían rendido al proceso de envejecimiento y que hacían bromas como: "¡Por Dios, que
alguien me traiga un poco de oxígeno!". Y luego estaban los tipos que todavía mantenían el código de tomar-
se en serio todos los partidos. Yo estaba sentado junto a
un viejo jardinero puertorriqueño que como mínimo
tenía sesenta años y que no dejaba de escupir jugo de
tabaco en el suelo y de murmurar: "Allá vamos, niños,
allá vamos...".

Cuando por fin me tocó batear no se había llenado
ni la mitad del estadio. Ensayé unos cuantos movimientos y luego me coloqué en el cajón de bateo. Una nube
tapó el sol. Oí gritar a un vendedor ambulante. Noté el
sudor en el cuello. Moví los pies. Y, aunque lo había
hecho un millón de veces en mi vida —agarrar el man-
go del bat, levantar los hombros, tensar la mandíbula,
entrecerrar los ojos—, tenía el corazón desbocado. Creo
que lo único que quería era sobrevivir algo más que
unos pocos segundos. Llegó el primer lanzamiento. Lo
dejé pasar. El árbitro gritó: "¡Bola uno!", y quise darle las
gracias.

~ ¿Alguna vez, mientras ocurre algo, piensas en lo
que estará ocurriendo en otro lugar? Tras el divorcio, mi

madre salía al porche trasero a la puesta de sol, se fumaba un cigarro, y decía: "Ahora mismo, Charley, mientras aquí se está poniendo el sol, en otro lugar del mundo está saliendo. En Australia, China o algún otro lugar. Puedes buscarlo en la enciclopedia".

Soltaba el humo y miraba la hilera de patios cuadrados, con sus tendederos y sus columpios.

—El mundo es muy grande —decía con aire nostálgico. Siempre está ocurriendo algo en alguna parte.

En eso tenía razón. Siempre está ocurriendo algo en alguna parte. Así, pues, durante aquel partido de veteranos yo estaba en el plato mirando a un lanzador de cabellos grises que lanzó lo que antaño debió de ser su bola rápida, pero que entonces sólo hizo flotar hacia mi pecho. Golpeé la pelota, oí el conocido "toc", solté el bat y eché a correr, convencido de que había hecho algo fabuloso, olvidándome de mis antiguos indicadores, olvidándome de que mis brazos y piernas ya no tenían la misma fuerza que antes, olvidando que a medida que envejeces los muros se van alejando más. Al levantar la mirada vi que lo que en un principio había creído que era un golpe firme, quizá un jonrón, descendía entonces al otro lado del cuadro, hacia el guante del segunda base que esperaba la pelota, y apenas fue un saltito, un petardo humedecido, una porquería. Una voz en mi cabeza gritó: "¡No la atrapes! ¡No la atrapes!", en tanto que aquel jugador de la segunda base apretaba su guante en torno a mi última ofrenda a aquel juego exasperante. Mientras todo aquello ocurría, a mi madre, tal como ella misma había señalado, le estaba sucediendo otra cosa allí en Pepperville Beach.

En su radio despertador sonaba música de jazz. Acababa de ahuecar las almohadas. Y su cuerpo estaba arrugado como el de una muñeca rota en el suelo de su dormitorio, donde se había desplomado al ir a buscar sus lentes nuevos de color rojo.

Un infarto masivo.

Estaba exhalando su último aliento.

Al terminar el partido de veteranos volvimos caminando por el túnel y nos cruzamos con los jugadores en activo. Nos miramos de arriba abajo. Eran jóvenes y tenían la piel tersa. Nosotros teníamos sobrepeso y nos estábamos quedando calvos. Saludé con la cabeza a un tipo musculoso que llevaba puesta la máscara de receptor. Era como verme a mí mismo saliendo mientras entraba.

Dentro del vestuario recogí mis pertenencias rápidamente. Algunos de nosotros nos dimos un regaderazo, pero parecía una tontería. Tampoco nos habíamos esforzado tanto. Doblé la parte superior de mi uniforme y me lo guardé de recuerdo. Corrí el cierre de la bolsa. Me quedé allí sentado durante unos minutos, completamente vestido. Luego me pareció que no tenía mucho sentido.

Salí por el mismo sitio por el que había entrado, por la entrada de servicio. Y allí estaba mi padre, fumando un cigarro y mirando al cielo. Pareció sorprendido al verme.

–Gracias por los zapatos —le dije sosteniéndolos.

–¿Qué haces aquí? —me contestó, molesto. ¿No encuentras a nadie con quien hablar ahí adentro?

Solté un resoplido sarcástico.

–No lo sé, papá. Supongo que salí a saludarte. Hace dos años que no te veo.

–¡Por Dios! —meneó la cabeza, indignado. ¿Cómo vas a volver a meterte en el juego si pasas el rato hablando conmigo?

Chick se entera de que su madre ha muerto

—¿Diga?

La voz de mi esposa sonó temblorosa, agitada.

—Hola, soy yo —dije. Lo siento, he...

—¡Oh, Chick, oh, Dios, no sabíamos cómo localizarte!

Yo tenía mis mentiras preparadas —el cliente, la reunión, todo—, pero en aquellos momentos cayeron como si fueran ladrillos.

—¿Qué ocurre? —pregunté.

—Tu madre. ¡Oh, Dios mío, Chick! ¿Dónde estás? No sabíamos...

—¿Qué? ¿Qué pasa?

Ella empezó a sollozar.

—Dímelo. ¿Qué es lo que pasa? —le dije.

—Fue un ataque al corazón. Maria la encontró.

—¿Qué...?

—Tu madre... Ha muerto.

Espero que nunca oigas estas palabras. *Tu madre. Ha muerto.* Son distintas a otras palabras. Son demasiado grandes para caberte en los oídos. Pertenecen a un lenguaje extraño, fuerte y poderoso, que retumba en un lado de tu cabeza, una bola de demolición que cae sobre ti una y otra vez hasta que finalmente las palabras abren un agujero lo bastante grande para meterse en tu cerebro. Y al hacerlo, te parten en dos.

–¿Dónde?

–En su casa.

–¿Dónde?, quiero decir, ¿cuándo?

De pronto los detalles parecían sumamente importantes. Los detalles eran algo a lo que aferrarse, una manera de introducirme en la historia.

–¿Cómo...?

–Chick —dijo Catherine en voz baja—, tú vuelve a casa, ¿de acuerdo?

Alquilé un coche. Me pasé la noche conduciendo. Conduje con mi dolor y mi horror en el asiento de atrás, y mi culpabilidad delante. Llegué a Pepperville Beach poco antes del alba. Me metí por el camino de entrada. Apagué el motor. El cielo tenía un color púrpura de putrefacción. Mi coche olía a cerveza. Allí sentado, observando cómo amanecía a mi alrededor, caí en cuenta de que no había llamado a mi padre para comunicarle la muerte de mi madre. Muy en el fondo, tuve la sensación de que no volvería a verlo nunca más.

Y no volví a verlo nunca más.

Perdí a mis dos progenitores el mismo día, uno me lo quitó la vergüenza, el otro las sombras.

Una tercera y última visita

Mi madre y yo caminábamos por una ciudad que no había visto nunca. Era un lugar común y corriente, con una gasolinera en una esquina y una tienda que abría las veinticuatro horas en la otra. Los postes de teléfono y la corteza de los árboles eran del mismo color cartón y la mayor parte de los árboles había perdido las hojas.

Nos detuvimos frente a un edificio de departamentos de dos pisos; un edificio de ladrillo amarillo pálido.

–¿Dónde estamos? —pregunté.

Mi madre observó el horizonte. Ya se había puesto el sol.

–Tendrías que haber cenado más —dijo ella.

Puse los ojos en blanco.

–Ya.

–¿Qué? Me gusta saber que has comido, eso es todo. Tienes que cuidarte, Charley.

En su expresión vi aquella vieja e inquebrantable montaña de preocupación. Y me di cuenta de que cuando miras a tu madre estás mirando al amor más puro que nunca conocerás.

–Ojalá hubiéramos hecho esto antes, mamá, ¿sabes?

–¿Te refieres a antes de que muriera?

Mi voz se volvió tímida.

–Sí.

–Yo estaba aquí.

–Lo sé.

–Tú estabas ocupado.

Me estremecí al oir esa palabra. ¡Parecía tan vacía entonces! Vi pasar por su rostro una oleada de resignación. Creo que, en aquel momento, ambos pensábamos que las cosas podrían ser distintas si volvíamos a hacerlas.

–¿Fui una buena madre, Charley? —me preguntó.

Abrí la boca para responder, pero un destello cegador borró a mi madre y la perdí de vista. Sentí calor en el rostro, como si el sol cayera sobre él. Entonces, una vez más, oí aquella voz retumbante:

–CHARLES BENETTO, ¡ABRA LOS OJOS!

Parpadeé con fuerza. De repente me encontraba a varias manzanas de distancia por detrás de mi madre, como si ella hubiese continuado andando y yo me hubiera detenido. Parpadeé de nuevo. Ya casi no podía verla. Me estiré hacia adelante, los dedos tensos, los hombros tirando de sus coyunturas. Todo daba vueltas. Noté que intentaba llamarla y su nombre vibró en mi garganta. Ya no me quedaron fuerzas para nada más.

Entonces mi madre volvía a estar conmigo, tomándome de la mano, absolutamente calmada, como si nada hubiera ocurrido. Volvimos a deslizarnos hacia donde habíamos estado.

–Una parada más —repitió.

~ Me hizo girar hacia el edificio de color amarillo pálido y al instante estuvimos en su interior, en un departamento de techo bajo con muchos muebles. El dormitorio era pequeño. El tapiz de las paredes era de un color verde aguacate. En una de ellas había colgado un cuadro de unas viñas y encima de la cama una cruz. En la esquina había un tocador de madera de color champaña bajo un gran espejo. Y frente al espejo había sentada una mujer de cabello oscuro vestida con una bata del mismo color que la toronja rosa.

Por su aspecto debía de tener setenta y tantos años, tenía una nariz larga y estrecha y unos pómulos prominentes bajo su flácida piel olivácea. Se pasaba un cepillo por el pelo lenta y distraídamente, con la vista bajada hacia el tocador.

Mi madre se colocó detrás de ella. No se saludaron. En cambio, mi madre extendió las manos y éstas se fundieron con las manos de la mujer, una sujetando el cepillo, la otra siguiendo sus trazos y alisándolos con la palma.

La mujer levantó la mirada, como si quisiera examinar su imagen reflejada en el espejo, pero sus ojos eran turbios y distantes. Creo que estaba viendo a mi madre.

Nadie dijo ni una palabra.

—Mamá —susurré al fin—, ¿quién es?

Mi madre se volteó, con las manos en el cabello de la mujer.

—Es la esposa de tu padre.

Las veces que no apoyé a mi madre

*Toma la pala, dijo el pastor. Lo dijo con la mirada. Yo
tenía que echar tierra sobre el féretro de mi madre, que
estaba medio hundido en la tumba. Mi madre, explicó
el pastor, había presenciado esta costumbre en los
funerales judíos y la había solicitado para el suyo. Le
parecía que ayudaba a los dolientes a aceptar que el
cuerpo ya no estaba y que debían recordar el espíritu.
Fue como si oyera a mi padre reprendiéndola,
diciendo: "Posey, te lo juro, te inventas las cosas sobre
la marcha".*

*Así la pala como un niño al que le entregaran un
rifle. Miré a mi hermana, Roberta, que llevaba un velo
negro tapándole el rostro y que temblaba visiblemente.
Miré a mi esposa, que tenía la mirada clavada en sus
pies mientras las lágrimas le corrían por las mejillas y
su mano derecha alisaba rítmicamente el pelo de
nuestra hija. Sólo Maria me miró. Y sus ojos parecían
decirme: "No lo hagas, papá. Devuélvela".*

*Un jugador de beisbol sabe cuándo está sosteniendo
su propio bat y cuándo está sosteniendo el de otra
persona. Así me sentía yo con aquella pala en las
manos. Era de otra persona. No me pertenecía.
Pertenecía a un hijo que no le mintió a su madre.*

Pertenecía a un hijo que no le dirigió sus últimas palabras con enojo. Pertenecía a un hijo que no se había marchado corriendo para satisfacer el último capricho de su distante padre, quien, por mantener intacto su historial, no se hallaba presente en aquella reunión familiar, habiendo decidido que: "Es mejor que yo no esté, no quiero disgustar a nadie".

Aquel hijo se hubiera quedado aquel fin de semana, hubiese dormido con su esposa en la habitación de invitados, hubiera almorzado el domingo con la familia. Aquel hijo hubiera estado allí cuando su madre se desplomó.

Aquel hijo podría haberla salvado.

Pero aquel hijo no estaba allí.

Este otro hijo tragó saliva e hizo lo que le habían dicho: echó tierra encima del féretro. Al caer, la tierra se desperdigó desordenadamente, y unos cuantos trozos pedregosos hicieron ruido contra la madera pulida.

Y aun cuando había sido idea suya, oí la voz de mi madre diciendo: "¡Oh, Charley! ¿Cómo pudiste?".

Todo queda explicado

*E*S LA ESPOSA DE TU PADRE.

¿Cómo puedo explicar esa frase? No puedo. Sólo puedo decirte lo que me dijo el espíritu de mi madre, de pie en aquel departamento desconocido que tenía un cuadro de viñedos en la pared.

—Es la esposa de tu padre. Se conocieron durante la guerra. Tu padre estuvo destinado en Italia. Te lo contó, ¿verdad?

Muchas veces. Italia, finales de 1944. Los montes Apeninos y el valle del Po, cerca de Bolonia.

—Ella vivía allí, en un pueblo. Era pobre. Él era un soldado. Ya sabes cómo eran estas cosas. En aquella época, tu padre era muy, no sé, ¿cuál es la palabra? ¿Descarado?

Mi madre se miraba las manos mientas éstas cepillaban el cabello de la mujer.

—¿Crees que es guapa, Charley? Siempre pensé que lo era. Lo sigue siendo, incluso ahora. ¿No te parece?

La cabeza me daba vueltas.

—¿Qué quieres decir con que es su esposa? Tú eres su esposa.

Ella asintió moviendo lentamente la cabeza.

–Sí, lo era.

–No se pueden tener dos esposas.

–No —repuso ella con un susurro—, tienes razón. No se puede.

∼ La mujer se sorbió la nariz. Parecía tener los ojos enrojecidos y cansados. No dio muestras de percatarse de mi presencia, pero parecía estar escuchando a mi madre mientras hablaba.

–Creo que tu padre se asustó durante la guerra. No sabía cuánto tiempo iba a durar. Mataron a muchos hombres en aquellas montañas. Quizá ella le dio seguridad. Quizá pensó que nunca volvería a casa. ¿Quién sabe? Siempre necesitaba un plan, tu padre, lo decía constantemente: "Hay que tener un plan. Hay que tener un plan".

–No lo entiendo —dije. Papá te escribió esa carta.

–Sí.

–Te propuso matrimonio. Tú aceptaste.

Suspiró.

–Cuando tu padre se dio cuenta de que la guerra terminaba, supongo que quiso un plan distinto..., su antiguo plan, conmigo. Las cosas cambian cuando ya no estás en peligro, Charley. De modo que... —le levantó el cabello de los hombros a la mujer— la dejó allí.

Hizo una pausa.

–Tu padre tenía una habilidad especial para eso.

Meneé la cabeza.

–Pero ¿por qué tú...?

–Nunca me lo contó, Charley. No se lo contó a nadie.

Sin embargo, a lo largo de los años, en algún momento la encontró de nuevo. O ella lo encontró a él. Y al final la trajo a Estados Unidos. Se montó toda una vida distinta. Incluso compró otra casa. En Collingswood, donde estableció su nueva tienda, ¿recuerdas?

La mujer bajó el cepillo. Mi madre retiró las manos, las entrelazó y se las puso debajo de la barbilla.

—Eran sus berenjenas las que tu padre quería que le hiciera todos esos años —suspiró. No sé por qué eso me sigue fastidiando.

~ Entonces me contó el resto de la historia. Cómo descubrió todo esto. Que una vez preguntó por qué nunca les llegaba ninguna factura del hotel de Collingswood. Que él respondió que pagaba en efectivo, lo cual hizo sospechar a mi madre. Que contrató a una niñera un viernes por la noche y condujo nerviosamente hasta Collingswood ella misma, que recorrió las calles hasta que vio su Buick en la entrada de una casa desconocida y que rompió a llorar.

—Estaba temblando, Charley. Tuve que obligarme a caminar. Me acerqué a hurtadillas hasta una ventana y miré dentro. Estaban cenando. Tu padre llevaba la camisa desabrochada y se le veía la camiseta, como siempre hacía con nosotros. Estaba sentado con su comida, sin prisas, relajado, como si viviera allí, pasándole los platos a esa mujer y...

Se detuvo.

—¿Estás seguro de que quieres saberlo?

Asentí con la cabeza, perplejo.

—Su hijo.

–¿Qué...?

–Era unos cuantos años mayor que tú.

–¿Un... niño?

Me salió la voz chillona cuando lo dije.

–Lo siento, Charley.

Me sentí mareado, como si fuera a caer hacia atrás. Incluso ahora mismo, mientras te lo cuento, me cuesta trabajo que me salgan las palabras. Mi padre, que había exigido mi devoción, mi lealtad a su equipo, a nuestro equipo, el hombre de la familia. ¿Tenía otro hijo?

–¿Jugaba beisbol? —susurré.

Mi madre me miró con un gesto de impotencia.

–No lo sé, Charley, de verdad —me dijo casi llorando.

~ La mujer de la bata abrió un pequeño cajón. Sacó unos papeles y los hojeó. ¿Realmente era quien mi madre decía que era? Parecía italiana. Parecía tener la edad adecuada. Traté de imaginarme a mi padre conociéndola. Intenté imaginármelos juntos. No sabía nada sobre aquella mujer ni sobre aquel departamento, pero noté la presencia de mi papá por toda la habitación.

–Aquella noche regresé a casa, Charley —dijo mi madre—, y me senté en la banqueta. Esperé. No quería que tu padre enfilara siquiera el camino de entrada. Volvió pasada la medianoche y nunca olvidaré la cara que puso cuando los faros de su coche me iluminaron, porque creo que en aquel momento supo que lo habían descubierto.

"Me metí en el coche e hice que subiera todas las ventanillas. No quería que nadie me oyera. Entonces estallé. Estallé de un modo que él no pudo utilizar ninguna de sus mentiras. Al final admitió quién era ella, dónde la había conocido y lo que había estado intentando hacer. La cabeza me daba vueltas. Me dolía tanto el estómago que no podía sentarme derecha. Te esperas muchas cosas en un matrimonio, Charley, pero ¿quién podría imaginarse ser remplazado de esa manera?"

Se volteó hacia la pared y posó la mirada en el cuadro de los viñedos.

—No estoy segura de que me afectara hasta pasados unos meses. Dentro de aquel coche simplemente estaba furiosa. Y con el corazón destrozado. Él me juró que lo lamentaba. Juró que no sabía nada de aquel otro hijo, que cuando se enteró se sintió obligado a hacer algo. No sé qué era cierto y qué no. Tu padre tenía respuesta para todo, incluso a gritos.

"Pero nada de eso importaba. Se había terminado. ¿No lo ves? Yo podría haberle perdonado casi cualquier cosa contra mí. Pero aquello también era una traición para ti y para tu hermana."

Se dio la vuelta hacia mí.

—Tú tienes una familia, Charley. Para bien o para mal. Tienes una familia. No puedes cambiarlos por otra cosa. No puedes mentirles. No puedes llevar dos familias al mismo tiempo, sustituyendo una por otra.

"No separarse de la familia es lo que hace que sea una familia."

Mi madre suspiró.

—Así, pues, tuve que tomar una decisión.

Traté de imaginarme aquel espantoso momento. En un coche, pasada la medianoche, con las ventanillas subidas... desde el exterior, dos figuras gritando en silencio. Intenté imaginar a mi familia durmiendo en una casa en tanto que otra familia dormía en otra, y en ambas había ropa de mi padre colgada en el clóset.

Traté de imaginarme a la encantadora Posey de Pepperville Beach perdiendo su antigua vida aquella noche, llorando y gritando mientras todo se derrumbaba frente a ella. Y me di cuenta de que, en la lista de "las veces que mi madre me apoyó", aquello tendría que haber figurado en primer lugar.

–Mamá —susurré finalmente—, ¿qué le dijiste?

–Le dije que se marchara. Y que no volviera nunca más.

Ahora ya sabía lo que había ocurrido la noche antes de las palomitas de maíz.

Hay muchas cosas en la vida que me gustaría recuperar. Muchos momentos que haría distintos. Pero el que cambiaría, si pudiera cambiar sólo uno, no sería para mí, sino para mi hija, Maria, que fue a buscar a su abuela aquel domingo por la tarde y la encontró tendida en el suelo del dormitorio. Intentó despertarla. Empezó a gritar. Entró y salió corriendo de la habitación, debatiéndose entre pedir ayuda y no dejarla sola. Eso no tendría que haber pasado nunca. No era más que una niña.

Creo que a partir de aquel momento me resultó difícil enfrentarme a mi hija o a mi esposa. Creo que es por eso por lo que bebía tanto. Creo que es por eso por lo que huía gimoteando hacia otra vida, porque en el fondo tenía la sensación de que no me merecía la que había tenido hasta entonces. Huí. Supongo que, en ese sentido, lamentablemente, mi padre y yo nos parecíamos. Cuando, al cabo de dos semanas, en la tranquilidad de nuestro dormitorio, le confesé a Catherine dónde había estado, que no había habido ningún viaje de negocios, que había estado jugando beisbol en un estadio de Pittsburgh mientras mi madre yacía moribunda, ella se quedó más atontada que otra cosa. Por su expresión, parecía que continuamente quisiera decir algo que acabó por no decir.

Al final, su único comentario fue:

—A estas alturas, ¿qué importancia tiene?

~ Mi madre cruzó el pequeño dormitorio y se quedó de pie junto a la única ventana. Apartó las cortinas.

—Fuera es de noche —dijo.

Detrás de nosotros, frente al espejo, la mujer italiana bajó la vista, toqueteando sus papeles.

—¿Mamá? —pregunté. ¿La odias?

Ella me dijo que no con la cabeza.

—¿Por qué iba a odiarla? Ella sólo quería lo mismo que yo. Tampoco lo consiguió. Su matrimonio terminó. Tu padre se marchó. Como ya te he dicho, tenía una habilidad especial para eso.

Se frotó los brazos, como si tuviera frío. La mujer del espejo puso el rostro entre las manos. Dejó escapar un leve sollozo.

—Los secretos, Charley —susurró mi madre—, te destrozan.

Permanecimos los tres allí en silencio durante un minuto, cada uno en su propio mundo. Entonces mi madre se volvió hacia mí.

—Ahora tienes que irte —dijo.

—¿Irme? —se me hizo un nudo en la garganta—. ¿Adónde? ¿Por qué?

—Pero antes, Charley... —me tomó de las manos—, quiero preguntarte una cosa.

Las lágrimas humedecían sus ojos.

–¿Por qué quieres morir?

Me estremecí. Estuve un segundo sin poder respirar.

–¿Sabías que...?

Ella esbozó una triste sonrisa.

–Soy tu madre.

Mi cuerpo se sacudió. Solté una bocanada de aire.

–Mamá..., no soy quien tú crees... Lo estropeé todo. Bebía. Lo eché todo a perder. Perdí a mi familia...

–No, Charley...

–Sí, sí, lo hice —me temblaba la voz. Me vine abajo... Catherine se ha marchado, mamá. Fui yo quien hizo que se marchara... Y Maria, ni siquiera formo parte de su vida..., se ha casado..., ni siquiera estuve allí..., ahora soy un desconocido..., un desconocido para todo lo que amaba...

Mi respiración era agitada.

–Y tú... ese último día... nunca debería haberte dejado..., no pude decirte...

Bajé la cabeza, avergonzado.

–...lo mucho que lamento... que estoy tan..., tan...

Eso fue lo único que dije. Caí al suelo, sollozando de un modo incontrolable, vaciándome, gimiendo. La habitación se redujo a un calor por detrás de los ojos. No sé cuánto tiempo estuve así. Cuando fui capaz de hablar, apenas me salió un ruido áspero.

–Quería que terminara, mamá..., esta ira, esta culpabilidad. Es por eso que..., quería morir.

Levanté la mirada y, por primera vez, admití la verdad.

–Me rendí —susurré.

–No te rindas —me respondió, también con un susurro.

Entonces hundí la cabeza. No me avergüenza decirlo. Hundí la cabeza en los brazos de mi madre y sus manos me acariciaron el cuello. Permanecimos los dos así tan sólo un momento. Sin embargo, soy incapaz de expresar con palabras el consuelo que me reportaron aquellos instantes. Sólo puedo decir que ahora mismo, mientras hablo contigo, sigo anhelándolos.

–No estaba allí cuando falleciste, mamá.

–Tenías cosas que hacer.

–Mentí. Fue la peor mentira que dije nunca... No fue por trabajo... Fui a jugar un partido..., un estúpido partido..., estaba tan desesperado por complacer...

–A tu padre.

Movió la cabeza suavemente.

Y me di cuenta de que lo había sabido desde el principio.

Al otro lado de la habitación, la mujer italiana se arrebujó en su bata. Juntó las manos como si fuera a rezar. Formábamos un trío muy extraño, cada uno de nosotros, en algún momento, anhelando el amor del mismo hombre. Todavía puedo oir sus palabras, forzando mi decisión: *¿El niño de mamá o el niño de papá, Chick? ¿Qué vas a ser?*

–Mi elección no fue la acertada —susurré.

Mi madre meneó la cabeza.

–Un niño nunca debería verse obligado a elegir.

~ La mujer italiana se levantó. Se enjugó los ojos y recobró la compostura. Puso los dedos al borde del tocador y empujó dos cosas para ponerlas juntas. Mi madre me hizo una seña para que avanzara hasta que pude ver lo que la mujer estaba mirando.

Una de las cosas era una fotografía de un joven con un birrete de graduación. Supuse que era su hijo.

La otra era mi tarjeta de beisbol.

Con un parpadeo, la mujer dirigió la mirada al espejo y percibió nuestro reflejo, los tres enmarcados como en un estrambótico retrato de familia. Por primera y única vez tuve la certeza de que me veía.

–*Perdonare* —masculló la mujer.

Y todo lo que nos rodeaba desapareció.

Chick termina su historia

¿Alguna vez has podido aislar el primer recuerdo de tu niñez? El mío es de cuando yo tenía tres años. Era verano. En el parque cercano a nuestra casa había una feria ambulante. Había globos y puestos de algodón de azúcar. Unos chicos que acababan de participar en un juego de tira y afloja con una cuerda hacían fila delante de la fuente.

Yo debía de tener sed, porque mi madre me levantó por las axilas y me llevó al principio de la fila. Y recuerdo que atajó frente a aquellos hombres sudorosos y descamisados, me rodeó el pecho con el brazo sujetándome con fuerza y con la mano libre le dio a la llave del grifo. "Bebe agua, Charley", me susurró al oído, y yo me incliné hacia adelante, con los pies colgando, sorbí el agua ruidosamente y aquellos hombres se limitaron a esperar a que termináramos. Todavía siento su brazo rodeándome. Aún veo el agua que borboteaba. Ése es mi primer recuerdo, madre e hijo, un mundo en nosotros mismos.

Ahora, al final de este último día juntos, estaba ocurriendo lo mismo. Sentía mi cuerpo fracturado. Apenas conseguía moverlo. Pero el brazo de mi madre me rodeó el pecho y tuve la sensación de que me llevaba una vez más mientras el aire rozaba mi rostro. No vi más que oscuridad, como si viajáramos por detrás de una cortina. La oscuridad se retiró y aparecieron estrellas. Miles de estrellas. Ella me estaba tumbando en la hierba mojada, devolviendo mi alma arruinada a este mundo.

–Mamá... —tenía la garganta irritada. Tenía que tragar saliva entre unas palabras y otras—, ¿esa mujer...? ¿Qué decía?

Ella me puso los hombros en el suelo suavemente.

–Perdona.

–¿Perdonarla a ella? ¿A papá?

Mi cabeza tocó la tierra. Noté la sangre húmeda que me corría por las sienes.

–A ti mismo —respondió.

Mi cuerpo se estaba paralizando. No podía mover los brazos ni las piernas. Me estaba yendo. ¿Cuánto tiempo me quedaba?

–Sí —dije con voz áspera.

Mi madre pareció confusa.

–Sí, fuiste una buena madre.

Ella se llevó la mano a la boca para ocultar una sonrisa y pareció hincharse hasta casi reventar.

–Vive —me dijo.

–No, espera...

–Te quiero, Charley.

Agitó las puntas de los dedos. Yo estaba llorando.

–Te perderé...

Su rostro parecía flotar sobre el mío.

–No puedes perder a tu madre, Charley. Estoy aquí mismo.

Entonces un enorme destello de luz borró su imagen.

—CHARLES BENETTO, ¿PUEDE OIRME?

Noté un cosquilleo en las extremidades.

—AHORA VAMOS A MOVERLO.

Quise recuperar a mi madre.

—¿ESTÁ CON NOSOTROS, CHARLES?

—Yo y mi madre —farfullé.

Sentí un suave beso en la frente.

—Mi madre y yo —me corrigió ella.

Y desapareció.

⁓ Parpadeé con fuerza. Vi el cielo. Vi las estrellas, que entonces empezaron a caer. Se iban haciendo más grandes a medida que se acercaban, redondas y blancas, como pelotas de beisbol, y abrí la palma de la mano instintivamente, como si ensanchara mi guante para atraparlas todas.

—ESPEREN. ¡MIREN SUS MANOS!

La voz se suavizó.

—¿CHARLES?

Bajó más de volumen.

—¿Charles...? ¡Eh, aquí está, amigo! Vuelva con nosotros... ¡EH, CHICOS!

Movió la linterna enfocando a otros dos agentes de policía. Era joven, tal como me lo había imaginado.

Los últimos pensamientos
de Chick

~~~ Bueno, tal y como te dije cuando te sentaste, no espero que des crédito a mis palabras. Nunca había contado esta historia, pero había esperado poder hacerlo. Esperaba esta oportunidad. Me alegro de que haya llegado, ahora que ya pasó todo.

He olvidado muchas cosas en mi vida y, sin embargo, recuerdo cada momento de aquel rato con mi madre, la gente a la que vimos, las cosas de las que hablamos. En muchos sentidos fue muy normal, pero, tal como ella dijo, puedes descubrir algo realmente importante en sólo un minuto. Quizá pienses que estoy loco, que me lo imaginé todo. Pero en lo más profundo de mi ser, yo lo creo: mi madre, en algún punto entre este mundo y el otro, me dio un día más, el día que yo tanto había deseado, y me contó todo lo que yo te he contado.

Y si mi madre lo dijo, yo lo creo.

"¿Qué es lo que provoca el eco?", me preguntó un día, para ponerme a prueba.

La persistencia de un sonido después de que haya cesado su fuente.

"¿Cuándo podemos oir el eco?"

Cuando hay silencio y se absorben los demás sonidos.

Cuando hay silencio, todavía puedo oir el eco de mi madre.

Ahora me siento avergonzado por haber intentado quitarme la vida. Es algo muy valioso. No tenía a nadie con quien hablar abiertamente de mi desesperación, y eso fue un error. Necesitas mantener a la gente cerca de ti. Necesitas darles acceso a tu corazón.

Por lo que se refiere a los dos años que han transcurrido desde entonces, hay muchos detalles: la estancia en el hospital, el tratamiento que recibí, dónde he estado. De momento, digamos solamente que tuve suerte en muchos aspectos. Estoy vivo. No maté a nadie. Desde entonces me he mantenido sobrio todos los días..., aunque unos me cuesta más que otros.

He pensado mucho en esa noche. Creo que mi madre me salvó la vida. También creo que los padres, si te quieren, te sostendrán para mantenerte a salvo, por encima de las aguas turbulentas, y algunas veces eso significa que nunca sabrás lo que ellos soportaron, y tal vez los trates mal, de un modo en que no los hubieras tratado de haberlo sabido.

Pero detrás de todas las cosas hay una historia. Cómo llegó un cuadro a una pared. Cómo te hiciste una cicatriz en la cara. A veces son historias sencillas y a veces son duras y desgarradoras. Pero detrás de todas tus historias siempre está la historia de tu madre, porque la tuya empieza en la suya.

Así, pues, ésta era la historia de mi madre.

Y la mía.

Me gustaría arreglar las cosas con las personas a las que amo.

Epílogo

~~~ Charles Chick Benetto murió el mes pasado, cinco años después de su intento de suicidio y tres años después de nuestro encuentro aquel sábado por la mañana.

El funeral fue reducido, sólo asistieron unos cuantos miembros de la familia —incluida su exesposa— y varios amigos de su niñez en Pepperville Beach que recordaban haber subido a un depósito de agua con Chick y haber pintado sus nombres con aerosol en el tanque. No había nadie de su época de jugador de beisbol, aunque los Piratas de Pittsburgh mandaron una tarjeta de condolencia.

Su padre estaba allí. Estaba de pie al fondo de la iglesia, un hombre delgado con los hombros caídos y el cabello ralo y cano. Llevaba puesto un traje café y lentes de sol y se fue rápidamente al terminar la ceremonia.

La causa de la muerte de Chick fue un repentino derrame cerebral, una embolia que le llegó al cerebro y que lo mató casi al instante. Los médicos especularon sobre que sus vasos sanguíneos podían haberse debilitado por el traumatismo craneal que sufrió en su accidente de automóvil. Tenía cincuenta y ocho años cuando murió. Todo el mundo coincidía en que era demasiado joven.

Por lo que respecta a los detalles de su "historia", los comprobé casi todos para crear esta narración. Aquella noche, en efecto, hubo un accidente en la rampa de acceso a la autopista en el que un automóvil, después de chocar contra el extremo delantero de una camioneta en marcha, saltó por un terraplén, destrozó una valla publicitaria y expulsó a su conductor que cayó en la hierba.

Había, en efecto, una viuda llamada Rose Templeton que vivía en la calle Lehigh de Pepperville Beach y que murió poco después del accidente. También había una señorita Thelma Bradley, que murió al cabo de poco y cuya esquela en el periódico local la identificaba como a "una ama de llaves retirada".

En 1962 —un año después de que los Benetto se divorciaran— se extendió un certificado de matrimonio para un tal Leonard Benetto y una tal Gianna Tusicci, confirmando unas anteriores nupcias en Italia. Un tal Leo Tusicci, es de suponer que su hijo, aparecía en una lista de alumnos del instituto de Collingswood a principios de la década de 1960. No había ningún otro registro de él.

En cuanto a Pauline Posey Benetto, murió de un ataque al corazón a la edad de setenta y nueve años, y los detalles de su vida encajan con la versión que se cuenta en estas páginas. La familia que la sobrevivió dio fe de su buen talante, su afectuosidad y su sabiduría maternal. Su fotografía sigue colgada en el salón de belleza en el que trabajó. En la foto lleva puesto un amplio vestido azul y unas arracadas.

Al parecer, los últimos años de Chick Benetto le proporcionaron cierta satisfacción. Vendió la casa de su madre en Pepperville Beach y el dinero que obtuvo se lo mandó a su hija. Más adelante se mudó a un departamento para estar cerca de ella y volvieron a establecer relación, incluyendo las "tandas de donas" del sábado por la mañana, durante las cuales se ponían al día de los acontecimientos de la semana tomando café y donas. Aunque nunca se reconcilió del todo con Catherine Benetto, hicieron las paces y hablaban con frecuencia.

Sus días de vendedor habían terminado; no obstante, hasta su muerte, Chick trabajó a media jornada en el departamento de parques y recreo local, donde tenía una regla para los partidos que se organizaban: todo el mundo juega.

Una semana antes de su ataque de apoplejía, pareció tener la sensación de que le quedaba poco tiempo. Les dijo a los de su alrededor: "Recuérdenme por estos días, no por los pasados".

Lo enterraron en una parcela cerca de su madre.

Como había un fantasma de por medio, podría decirse que es una historia de fantasmas. Pero ¿en qué familia no hay una historia de fantasmas? Compartir los relatos de las personas a las que hemos perdido es la manera de evitar perderlas de verdad.

Y aunque ahora Chick ya no está, su historia fluye a través de otros. Fluye a través de mí. No creo que estuviera loco. Creo que realmente consiguió un día más con su madre. Y pasar un día con alguien a quien amas lo puede cambiar todo.

Yo lo sé. Yo también tuve un día así, en la tribuna descubierta de un campo de beisbol de la liga infantil:

un día para escuchar, para amar, para disculparse, para perdonar. Y para decidir, años más tarde, que este niño que llevo en mi vientre pronto se llamará, con orgullo, Charley.

Mi nombre de casada es Maria Lang.

Pero antes era Maria Benetto.

Chick Benetto era mi padre.

Y si mi padre lo dijo, yo me lo creo.

Agradecimientos

Al autor le gustaría dar las gracias a Leslie Wells y Will Schwalbe por su edición; a Bob Miller por su paciencia y confianza; a Ellen Archer, Jane Comins, Katie Wainright, Christine Ragasa, Sally Anne McCartin, Sarah Schaffer y Maha Khalil por su incansable apoyo; a Phil Rose por su maravilloso diseño; a Miriam Wenger y David Lott por su buen ojo. Gracias en especial a Kerry Alexander, que todavía se ocupa de todo; a David Black, que me levantó el ánimo durante incontables cenas a base de pollo; y sobre todo a Janine, que oyó esta historia por las tranquilas mañanas, la leyó en voz alta y le brindó su primera sonrisa. Y, por supuesto, como se trata de una historia sobre la familia: a mi familia, a los que me precedieron, a los que me siguen y a todos los de mi entorno.

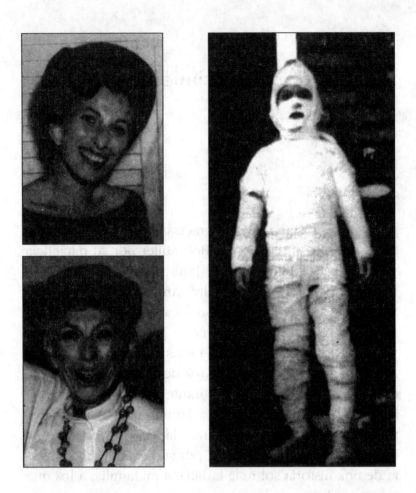

Este libro está dedicado, con amor, a Rhoda Albom,
la mamá de la momia

Esta obra fue impresa en junio de 2007
en los talleres de BROSMAC S.L.
La encuadernación de los ejemplares se hizo
en los talleres de ENCUADERNACIONES TUDELA S.L.